U0452925

天壹文化

从声音到文字，分享人类回声

心理谜罪

张洁 / 著

天地出版社 TIANDI PRESS

前　言

我想将身体里的碳，做成燃料，点燃火把，让有妄想症的人们，可以看清世界。

我想将身体里的铁，做成铁钉，将精神分裂者的灵魂钉在心脏上，让他们的肉体不再吵闹挣扎。

我想将身体里的脂肪，做成肥皂，让焦虑者可以洗清尘埃，摆脱困扰，重获新生。

我想将身体里的钙，做成骨骼，撑起抑郁者的脊梁，让他们不再蜷缩畏惧，瑟瑟发抖……

我想将这世界所有的美好，都展示给他们看，可是他们困在了人间的沼泽里，一眼望去，满目荒凉。于是，世界在欢笑，他们在腐烂。

他们可能在城市，可能在农村。他们可能善良、迷茫、挣扎，也可能邪恶、冷漠、懊悔。他们隐藏在人群里，悄悄地和我们共同构建了这个世界。

这个世界上有很多个"他们"，他们不断与你相遇，又不断与你错过。我总在小心翼翼地观察着他们极力隐藏的故事，直到有一天，我才发现，原来我们也身陷其中。这个世界，没有哪一个灵魂是不受困扰的。

原生家庭、婚姻关系、社会关系、成长经历……我用了一年的时间去探索这些方面对人生的影响与意义，探索其中隐含的幽微的喜怒哀乐，不是为了站在道德制高点上去批判，不是为了设身处地地去原谅，不是为了臣服于人性的复杂诡谲，也不是为了将心理学的知识传播出去，只是想给人们心中那难以愈合的溃烂以治愈的机会，给那些不再眷恋人间的灵魂以继续驻足的可能。所以，我写下了这本书。

书中一共有十八段真实的人生故事，每一段看似平凡无奇的表象下，都隐藏着令人不安的现实，既荒诞不经，又饱含深情，既有遗憾，也有救赎，或许这才是艰难却也有趣的人间吧。

感谢徐晔医生为本书提供的专业支持，感谢本书所有的被访者们，感谢，感谢。

目 录
Contents

第一章 每个人的心里都有案情

很多时候，人生真正需要了然的是因果，而非对错，因为因果是参与循环的。

- 3　　你，作过恶吗？
- 15　　原生之罪
- 26　　风和日丽
- 34　　药

第二章 有些魔障，吃斋念佛是破不了的

你正在死去，也即将重生。你要赎你犯的罪，无限次体验死亡之前的恐惧，才算完成灵魂救赎。

- 49　　救命
- 63　　六分钟

78　　问　米

93　　生而为人，我很抱歉

第三章　关于救赎，关于人性

我要去攀我的山峰，蹚我的河流，渡我的深渊，才能回来认我的命。

107　　爱　人

117　　保　姆

130　　毒

145　　江湖面馆

157　　食　香

172　　1977

187　　错

199　　他曾是超人

209　　归　墟

224　　饿

第一章 每个人的心里都有案情

很多时候,人生真正需要了然的是因果,而非对错,因为因果是参与循环的。

我叫江沚，作为一名不得志的作家，我花了很多年的时间试图看清这个世界。直到有一天，一位久违的朋友看了我的书后，对我说："你以为这就是生命的真相？我带你看看人间吧。"尔后，于我而言，似是换了人间，那些原本可控的人性，在经历了大雨滂沱后，脱离了设定的剧情，挣扎着露出一个个本来的面目。

秦幕，精神科医生，在江城市开了一家叫"幕时"的心理诊所。在他确定我不会对他的工作造成不必要的影响后，我很荣幸地以他助理的身份，参与了对患者的问诊。也因为这次契机，我对生命有了一种无法言说的理解和包容，哪怕这场体验并不美好，甚至足够悲戚。

你,作过恶吗?

他们作恶,然后忘记。

——穆戈《疯人说》

1

春夏衔接的清晨,天还没完全放亮,晨露和雾气也还未消散,菜市场里的小贩就开始了一天的生意。

肉在案板上,菜在篮子里,脆爽的果子铺满摊子,鲜活的鱼虾在巨大的水盆里胡乱蹦跶,远处还有溢着香气的小吃……一口铁锅咕嘟着沸水,一双长筷挑着一小团面条,伸进沸水里煮片刻,提起沥干,放入碗中,配上翠绿的葱花,再浇上些许高汤,便是最美味的阳春面。清瘦的少年在旁边驻足了好一会儿,咽了咽口水,然后转身去旁边的摊子买了两穗玉米。

卖玉米的是一个小姑娘,年纪尚小,扎着两个羊角辫,穿着有些破烂,脸上脏兮兮的,身上蹭了一些泥土。少年看到她愣了一下,接过玉米,径直离开。

菜市场很长,他经过油条摊儿、包子铺、煎饼车……他越走越快,浓重鲜活的烟火气竟然让他不寒而栗,凉凉的汗从他的额头不断渗出,他终于扔掉了玉米,崩溃摔倒在地……整个市场的摊贩,竟都是同一张脸。

卖阳春面的、卖玉米的、卖油条的、卖包子的、卖煎饼的……都是那个小女孩儿。

一阵天旋地转,少年从灰蒙蒙的菜市场回到了床上,大口地喘着气,原来只是一个梦啊。

此时阳光正好,妈妈在厨房边做早饭边催促少年快点儿起床。少年应了一声,疲惫地爬下床。

今天是周日,不用去学校,少年味同嚼蜡地扒了几口饭后,便抱着厚厚的书坐在阳台的藤椅上仔细地背诵着。

风轻轻地抚弄着窗纱,引得旁边那盆粗壮的橘树也摇曳了起来,繁茂的叶子簌簌作响。不一会儿,刚刚还有些刺目的阳光退了下去,阴霾骤起,浓雾茫茫,风也变急了。几分钟后橘树被风连根拔起,栽倒在地,周围都是泥土。少年见状刚想去处理,却突然发现松软的土壤却像有活物在里面不断挣扎涌动似的,终于,一双手破土而出,随后是一颗圆滚滚的脑袋,带着一股腐烂的气息挣扎着冒出来，眼神空洞地望着他……是，是梦里的小姑娘。

望着这惊悚的一幕，少年瘫倒在地，绝望地嘶吼着。母亲闻声而来，紧紧地把他抱在怀里，忧心忡忡地安抚着，目光触及窗边那盆橘树，安然无恙，生机盎然。

少年面色惨白，瑟瑟发抖，双手紧紧地抓住自己的衣角，想寻求更多的安全感。洁白的衬衫被抓得皱皱巴巴，前襟还有一处沾染了几滴油渍，微微地散着阳春面的香气。

2

2018年4月，我参与访谈了第一个患者。他叫肖楠，是一位十六岁的清瘦少年，表情冷漠，眼神麻木，面容苍白。很难想象这样一个年纪尚轻的学生，却是位精神分裂症患者，而且没有家族遗传史。

自他进来，我就闻到一股浓重的古龙水味儿。一个曾经的农村留守儿童，来到城里生活没几年就开始讲究起来，我不禁放下了手中的纸笔，多看了他两眼。

秦幕："很遗憾在这里见面，但我觉得这并不妨碍我们愉快地交流。"

肖楠皱了一下鼻子，有些烦躁地说道："你们这儿不是心理诊所吗，怎么药味儿这么重？"

秦幕抱歉地笑了下："不好意思，今天护士打扫时消毒水用多了。下次你来之前，我让护士摆束鲜花怎么样？你喜欢百合吗？"

肖楠的眼神有些游离，看着窗外的风景说道："我在农村长大，看惯了漫山遍野的野花，不喜欢花店那些又贵又难养的花。"

秦幕："听你母亲说，你从小和爷爷在农村长大，你们感情很好吧？"

肖楠神情有些慌乱，抓了抓袖口："我和爷爷相依为命很多年，他待我很好。我曾经以为父母永远不会接我走了呢，呵，这也没什么，反正这么多年都过来了。"

秦幕："有没有和爷爷提过回到父母身边，去城里读书？"

肖楠垂下了头："说这些有什么用呢？父母当时根本没有能力照顾我……我其实，更像一个累赘吧。"

秦幕："你的母亲和我谈过，她一直觉得挺亏欠你的。那些年，很想他们吧？"

肖楠："想，特别想。但后来想着想着，突然有一天就不想了。"

秦幕："父母与子女之间的依恋关系，只有在幼年期间才能建立，错过了就很难修复了。不过未来的路还很长，你们还有很多时间修复，别担心。现在，说说你的朋友怎么样？你在家乡有很多小伙伴吧，你总能看到的那个小女孩儿也是其中之一吗？她是什么样子的？通常在什么时候出现？"

肖楠叹了口气，答道："如影随形，一直都在，可我并不认识她。她瘦瘦小小的，梳着两个羊角辫，身上蹭了些泥土，脏兮兮的，眼神空洞，从来不说话……她会在我睡觉的时候，站在床头盯着我；会在我上课的时候，突然从墙里走出来，钻到我的桌子下面。甚至包括现在，从我进门起她就站在你身后，当然你看不到她，你们所有人都看不到，除了我，大家都以为我疯了。我开始大把大把地吃药，氯氮平、利培酮，这些药每天都让我昏昏沉沉的，体重也忽上忽下，可并没有赶走她，情况反而愈演愈烈……这段时间，她开始频繁地出现在我的梦里，一场又一场的噩梦，怎么都醒不过来。"

秦幕的表情突然严肃起来，他从手里的档案夹中拿出了一个本子，翻到其中一页，递给肖楠并问道："是这个女孩儿吗？"

那是一本卷宗，上面有一张女孩儿的照片，那女孩儿不过十岁上下，穿着不大合体的旧衣服，瘦瘦小小的，扎着羊角辫，下面写着"死者照片"几个字，后面还有详细的案件信息。

肖楠一下子瘫倒在地上，脸上仅有的血色似乎也被抽走了，泪水止不住地流。我赶紧把他扶到了椅子上。秦幕没动，只是望着他，目光灼灼。

过了好一会儿，秦幕终于说道："你以为你什么都没说，其实你都说了，虽然没有一句是真的。作为一名农村留守儿童，你由爷爷带大，可爷爷对你并不好，当我问起你和爷爷感情好不好时，你努力抓住袖口，想遮住手臂上的伤疤。是的，你经常挨打,你的手上也布满了陈年老茧。你已经到城里这么多年了,可手还是这么粗糙,可想而知当你还是个孩子的时候,爷爷就已经开始让你做繁重的农活儿了。你撒谎了,你究竟想掩饰什么?还有那个女孩儿,你的母亲告诉我她是你童年最好的朋友,可你却不敢承认你认识她。她的身影不停地在你脑中闪现,是因为你觉得内疚吧?你究竟做过什么?!"

肖楠泪水横流,由惊恐转为愤怒,而后就是崩溃,他大喊着:"不要再说了,不是这样的!"

秦幕:"你描述过女孩儿的样子,身上蹭着泥土,脏兮兮的,你怎么知道有泥土?她的尸体是你离开村子之后,土地整改时才被挖出来的,为了避免造成不良影响,案件信息始终没公开过。并且,在尸体被发现以前,她是被当作失踪人口处理的,可你描述她的样子,眼神空洞,从来不说话,可以在各个地方出现……你在潜意识里已经认为她死了,并且知道是被埋在土里的,你是怎么知道的?"

肖楠此时已经濒临崩溃,颤抖的嘴唇一句话也说不出来,秦幕步步紧逼:"事发那年你还没成年,如果你坦白了,也不会被追究刑事责任,其实你在心理上已经坐了很多年牢了,不是吗?是时候结束了。所以,我现在问你,那个女孩儿究竟是不是你杀的?"

肖楠痛苦地哀号:"别逼我了!我没杀她,我怎么可能杀她!啊——"

秦幕:"那你杀了谁?!"

肖楠:"凶手!"

秦幕:"谁是凶手?!"

肖楠:"爷爷!"

那一刻太快了,肖楠愣了,我也愣了。他就这样承认自己杀人了?事发那年,他才十三岁啊,到底经历了什么,才让一个孩子这样决绝?

秦幕:"你那样憎恨你的爷爷,最终却变成了和他一样的人,这世上没有任何执念值得以这样的沉沦作为代价。告诉我真相,让我来帮你,你相信我,我就能治愈你。"

肖楠失声痛哭,我放下笔抱住他,并告诉他,他说的任何一个字我都不会记录。那个瘦小的身体,在我怀里抽泣着,他终于放下了所有戒备,说出了事情的真相。

因为生性懦弱孤僻,父母又不在身边,肖楠很小的时候就被村里其他孩子孤立欺负,只有一个叫燕子的女孩儿不会排挤他,愿意跟他玩。可以说,燕子是他整个晦暗童年里唯一的一束光。

燕子是由奶奶带大的,她父母去了广州,三四年没回来了,也没给家里寄过钱,村里人都说她父母不要她了。渐渐地,有一些男人开始对燕子动手动脚,其中就包括肖楠的爷爷。燕子将事情告诉了奶奶,可是燕子的奶奶考虑到孩子的名声、家里的脸面,选择了沉默,并叮嘱她"别瞎说"。人性的恶是没有下限的,没多久肖楠的爷爷就把燕子骗到荒废的粮仓里诱奸了。胆小的燕子记住了奶奶的叮嘱,没有对任何人说。

肖楠的爷爷忐忑了几天,见风平浪静,便不再害怕,还得意地把这件事情当成吹嘘的资本跟同村的几个老人说。很快,一个变成几个,几个变成十几个,在庄稼地里,在仓库里,在林子里,都有燕子哭泣的身影……当燕子的奶奶知道这一切的时候已经晚了,而且她的咒骂声阻挡不了任何人的脚步。慢慢地,大家开始光明正大欺辱燕子了。

那是乌云密布的一天,风雨将至,麦田被风吹得不断翻涌。肖楠本来是想回家取蓑衣,可是路过苞米地的时候,却听到了燕子的呼喊声。他顺着声音一路狂奔,看到了爷爷举起锄头,正在一下一下地向燕子头上砍去,血液向天空中喷涌着,洒在金黄的麦穗上,那稚嫩的生命被暗处的罪恶肆意吞噬着……肖楠的那束光,没了。

是的,整个过程他都没阻止,他从小就被暴虐的爷爷用镰刀、锄头吓唬,时不时还会因为不干活儿被爷爷毒打。他太害怕了,只能躲在苞米秆的后面看着罪恶的进行,甚至后来警察大规模调查走访,他都没敢站出来说出事实。这件事对他内心的影响几乎是毁灭性的,时间并没有淡化一切,相反他心底的内疚与日俱增,最终幻化出一个"燕子"时时刻刻出现在他身边,哭泣着,怨恨着,声讨着。

案子最后不了了之,没人为燕子的死负责,望着爷爷猥琐、邪恶的脸上泛起的得意,肖楠终于忍无可忍……

坐在椅子上的肖楠实在说不下去了,表情绝望且悲凉,他闭着眼睛努力回忆着,直到双手轻颤……

秦幕:"接下来的事儿,和你身上的古龙水有关吧?"

肖楠叹了口气,终于说道:"我说完之后就帮我报警吧,或许这才是真正的解脱。"

秦幕:"你只是我的病人,别想太多。"

最后,肖楠终于缓缓说出了后面惊人的信息。

肖楠已经在村口的大喇叭下听了一周的天气预报了,一天晚上,他洗完衣服,终于鼓起勇气对爷爷说,白天看到地里有虫害了,隔壁二叔已经打完农药了,让你也赶紧打。爷爷喝着酒骂骂咧咧地嘟囔着:小畜生,也不能给老子干活儿,吃白食的……

第二天一早,爷爷果然换好衣服,背起工具下了地。那天的风很大,好几次打农药的时候都是逆风,农药随着风刮到了爷爷的衣服上、口罩上,他也没在意。晚上回来时,肖楠已经做好了简单的饭菜,还倒了一杯散装白酒。看到做好的饭菜,干了一天活儿的爷爷随便洗了把手就开始吃喝,结果半杯酒下肚,他就倒在了地上,神志不清,大汗淋漓,浑身抽搐。

肖楠听到响动,并没有去喊人,只是默默地看着这个毁掉两个孩子人生的恶魔遭受惩罚。他算着时间差不多了,才佯装惊慌喊来了邻居帮忙,最后爷爷还没到医院就已经咽气了。

法医给出的鉴定结果是"有机磷农药中毒",认为死者在喷洒农药时将药液沾到衣服上,进而渗透到皮肤里,而他没有及时更换衣服又喝了酒,使血液流通加快,进一步加速了毒素吸收,最终导致死亡。

秦幕:"你算计的一切真的就这么简单吗?"

肖楠:"并不是。那天晚上我终于等到了逆风,四级,于是我把爷爷第二天要换的衣服洗了。是的,我洒了农药,然后烘干了。第二天还特意把衣服和放有农药的气压喷壶放在一起,以免他闻出衣服的味道。那天正午的太阳很大,我想他一定出了很多汗,晚上我还给他准备了酒……直到他死了,都没有人看出有问题,我知道这一关我挺过来了,可是后来……不管我走到哪里都能闻到农药的刺鼻气味,和那天晚上水盆里的衣服散发出来的一样……我受不了了,只能用气味强烈的古龙水掩盖……后来,我的精神越来越不好,我时常听到燕子怪我没救她,还时常梦到爷爷拿着锄头要杀我。我想解脱,我尝试过自杀,但是没死成,或许监狱才是更好的去处吧。"

秦幕思索了良久后,又恢复了温柔得体的笑容,他拍着肖楠的胳膊，轻声说道："你只是一个妄想型精神分裂症患者，那一切都是假的，你要学会忘记。我会治愈你，先给你开一周的药吧，让你先睡个好觉，怎么样？"

问诊在肖楠的不解中结束了。

肖楠走后，我合上病例，问秦幕："你知道他说的都是真的。"

秦幕："那又怎么样，即使有人报警，精神病患者也不会被收监的，况且他当年还是未成年，这么做只会耽误他的病情。他的前半生已经毁了，总要把他的后半生留下来。"

我："他当年那么小，就有了这么缜密的计划，你有没有想过一种更可怕的可能？"

秦幕皱了下眉，问："什么可能？"

我："燕子死后三年多，他才计划杀人，为什么等这么久？杀人的那一年他十三岁，十三岁要面临什么？升学，他想去城里的父母身边，不想在乡镇的中学里再等三年，甚至六年。他已经等了太久，而只有爷爷死了，才能确保他到城里去。"

……

"燕子的死，在他心里埋了一颗种子，因为害怕被爷爷报复，他选择了沉默，由此衍生的内疚成了最好的肥料，而后日日盼着到城里与父母团聚，又化为水分，不曾间断地灌溉着，于是，才有了最后的结局。整个过程中，究竟谁应该承担责任呢？"

秦幕缓缓说道。

3

　　华灯初上，月朗星稀，诊所门前的街上又热闹起来。人们在夜色下推杯换盏，高谈阔论，每个人都在为生活倾注全力，少有人在意留守儿童与父母分离的痛苦，失去守护的危险，教育的缺失，以及未来依旧要面对的贫瘠。亦如没人在意燕子的哭泣、肖楠的等待。

　　他，作恶了吗？

　　不，他只是做错了。

原生之罪

不被爱只是不走运,而不会爱是种不幸。

——阿尔贝·加缪《局外人》

1

周一早上的江城,道路堵得水泄不通,二环桥上的鸣笛声此起彼伏,城市交通压力大到令人窒息。我坐在秦幕的车里,跟他聊着以往的案例。聊着聊着,他有些感慨道,当年应该选择外科,这样不管病患是骨折还是跌打损伤都能看得见病灶,医治起来也容易;而精神科患者很多时候病的不只是脑子还有心,看不见摸不着,有时以为治好了,可过几年又反反复复,作为医生,成就感特别低。

我调侃他一面捞金,一面又想要精神价值,令人不齿,还不如我这个滞销书作家纯粹，除了好故事我什么都不想要。然而，直到很多年之后，我都没有看到秦幕承诺过的好故事，看到的故事反而一个比一个惊心。

我一直不明白为什么会有精神科医生的存在，毕竟这个世界太务实了。那些看不见摸不着的病症，是怎么衍生出来并且愈演愈烈的呢？后来想，应该是世人心底的善意不够多，在面对自作自受的惨烈后果时，往往会在与自我麻痹、逃避现实的博弈中败下阵来。最终，他们把一切推脱给命运，这样，良心就会好过多了。

闲聊了半个小时，车也没怎么动地方。交通广播说二环桥下的颐园小区有人爬上楼顶要跳楼，消防车和看热闹的人把路堵住了。此时我们离颐园小区不到一百米，警车与救护车的鸣笛声混在人们的叹息声中，渐渐清晰……

我默默叹了口气说："怎么就突然不想活了呢？"

秦幕望着前面拥堵的人群和车流，若有所思道："没有人会突然不想活了的，那之前一定隐藏了漫长的伏笔。"

我："……那个人会被救下来吧？"

秦幕："会吧。"

2

自从上次见过秦幕后，我就开始忙着新书上市的宣传，直到半个月后接到他的电话,才又以助理的身份回到诊所。虽然肖楠的事情对我的心理冲击挺大的,但我还是决定跟着秦幕,去看看他说的人间,哪怕抽丝剥茧后,露出的是狰狞可怖的面目,但我想,在最后总能看到一点儿善良吧。

当我在诊疗室见到白冰时,她的病情已经很严重了:重度抑郁症,双重人格分裂。十七岁的少女,身材瘦小,毫无朝气,但她的眼神却不同于其他患者那样呆滞,甚至还有些犀利。

白冰:"作为一个精神病人,我说的任何话你都不会相信,是吧?"

秦幕:"如果真那样,那我为什么要坐下来和你聊天呢?放心吧,我相信你,你也要相信我,说说你的困惑,怎么样?"

白冰:"其实……我已经死了,可是不知道怎么又回到这个身体里了,我偷偷听到医生和我妈妈说,我是人格分裂出来的,是假的,我知道那个医生就是这个意思。我很害怕,我怕治好了'她',我就没了。"

秦幕:"'她'是谁?和你有什么关系呢?"

白冰沉默了一会儿,缓缓开口:"她是我姐姐,我们从小就被分开了。奶奶一直想要个孙子,在姐姐三岁那年,妈妈生下了我,奶奶非常失望,于是偷偷把我送到了养父母家。不过奶奶最终也没能如愿,妈妈后来怀孕了三次都流产了。慢慢地,他们也就断了念想,想起了被遗弃的我……我想如果那时他们没遗弃我,我应该是幸福的吧。就算他们后来没有去找我,我也能活下去,可惜上天从来就没给过我选择的机会……"

白冰像说着别人的故事一样,而又默默地流着自己的眼泪。那泪水在她苍白平静的脸上肆意流淌着,却仿佛与她不相关。

她继续说道:"养父母的境况并不好,可以说很糟糕,我从小就跟着他们到处收废品,郊区那些堆得高高的垃圾山、肮脏不堪的堆填区,你们可能不屑一顾,可于我而言那并不是垃圾,而是钱,是今天的饭,是明天的安稳……十岁那年,我在填埋场里翻铁,脚被钉子扎穿了;十二岁那年,我抡着锤子砸满是钢筋的混凝土,结果手一滑,混凝土块飞到脸上,脑门儿被砸出个血窟窿;十三岁那年,我上小学六年级,有一天放学的时候我那个破烂不堪的书包终于坚持不住,散了架,书本掉落一地,老师看了我一眼,面无表情地说'快点儿收拾起来',我清晰地记得,没有一个人帮我捡地上的东西。对他们而言,我的任何东西,包括我自己,都是垃圾,都是馊腐恶臭的。那时的我暗暗下定决心,一定要在垃圾堆里捡个好书包……很可笑吧?"

白冰自顾自地笑着,曾经掀起过海啸的内心此时似乎已经波澜不惊了。

秦幕:"你奶奶把你送人时,知道养父母的情况吗?他们对你怎么样?"

白冰:"知道,是她亲自把我送过去的,她根本不介意对方是什么人家,只要能尽快接手就好。在我过去之前,养父母已经收养了一个女孩儿,比我大两岁,叫兰兰。我们那里有个说法是'抱子得子',养母因为生不出孩子,所以先抱来了刚出生的兰兰,可两年以后还是没有动静,又抱养了我,却依旧没能如意。

"因为没有自己的孩子,养母没少挨打,养父的脾气很不好,经常喝酒,喝完酒就摔东西打人。养母是一个懦弱胆小的女人,自己都护不住,根本顾及不了我们。上小学开始我们就经常带着伤去学校,可不管哪个老师见了,都没有过问一句,或许在他们看来,这是底层学生应该有的样子。

"十二岁那年暑假,一天下着很大的雨,我捡完废品回来身上都湿透了,养母正坐在床上看电视。那天的她很奇怪,电视开得很大声,可她的眼神飘忽,根本没在看。我转身要将废品送到院子里的小仓库,被她制止了,她让我回房间写作业去,不许出来。可我怕淋了雨的纸壳不摊开会烂掉,还是悄悄送到仓库去了。

"仓库的小门虚掩着,里面似乎有人,我没敢进去,躲在旁边看了一会儿。突然听到物品掉落的声音,然后是兰兰的哭声,继父的喘息……这时屋子里的电视声更大了,我突然明白了什么,大叫了一声,然后,门里传来了怒不可遏的一声'滚',我整个人吓得瘫倒在地。第二天,兰兰就离家出走了，再没回来过。

"我很内疚，也很害怕，每天小心翼翼地过日子，白天尽量不在家，不管多热的天，睡觉都穿着长衣长裤。我就是这样战战兢兢地过来的，我自生下来，就被置于阴沟里，如蛆虫一般。黑暗、潮湿、恶臭，便是我童年的全部。现在，你觉得他们对我怎么样呢？"

秦幕："对不起，但你已经熬过了人生中的那么多苦难了，为什么不能再等等，如果就这样错过了转机，不遗憾吗？还有，你说你死了，那你是怎么死的？"

白冰不屑地笑了笑："转机？不会有转机了，我连生机都没有了。如果我不曾见过阳光，或许我能在这腐朽溃烂的地方活一辈子，可是我虚伪的父母却偏偏带着被他们视如珍宝的女儿来见我了。我的姐姐真漂亮啊，干干净净的，穿着我见都没见过的连衣裙，背着崭新的书包，肩带上还有用蕾丝做的蝴蝶结，我觉得那是我这辈子都不配拥有的。妈妈让她把书包打开，里面都是给我带的零食、玩具，我很开心，想过去抱抱她，可她躲开了，我看着自己肮脏的衣服、干裂的双手和布满污垢的指甲，难过得想哭……最终，他们也没有带我走，爸爸眼圈泛红抱着我说，他们现在的居住条件不允许把我接回去，让我在养父母家再等等。我环顾了一下这个四处漏风、破败不堪的泥瓦房，心里琢磨着：他们住的房子能比这里条件还差吗？

"后来的日子,他们每隔几个月就来看看我,有时也会把我带回去住几天,但只有几天,他们一定会把我再送回来。每一次我都想,这次可以留下来了吧,可每一次都是失望地被送回来。我听到他们对我说过太多次对不起了,可我想被对得起,哪怕一次也好……

"国庆放假,我被他们接回去过节,我很开心。姐姐晚上回来看到我,把我拉回房间质问我为什么又来了,说我已经是送出去的孩子,不属于这个家了,而且爸爸妈妈从来就没想过要把我接回来,他们马上就要去深圳定居了,再也不回来了。我惊呆了,回过神来就跑去问爸妈,他们没说话,默认了,我又一次被抛弃了。转身的那一刻我觉得自己已经碎了,躲进被子时终于化成了灰……

"第二天早上,我爬上了楼顶,十八层,真好,活,活在十八层,死,也死在十八层吧。那天的人很多,楼下有很多看热闹的,也有起哄的,消防车拉着警报赶来,道路拥堵不堪,司机们骂骂咧咧地催我赶紧跳下来,这样道路就能畅通了,周围还有此起彼伏的口哨声、惊叹声。也罢,就随了他们吧,我终于迎着风跳了下去……"

我心中一惊,说了句:"颐园小区?"

白冰:"是。"

那天我和秦幕就在附近啊……可又有什么用呢,我们阻止不了任何事的发生,这世界上的一切力量都仿佛在处心积虑地把这瓶牛奶打翻。

此时白冰的脸上已经没有泪水了。这世上有一种痛苦，无须歇斯底里，就已经惊天动地。

白冰："跳下去之后，风从耳边飞过，有些凉……大脑处于空白状态，从未有过的轻松……触底的那一刻，没有疼痛，只有安心。地面没有想象那般坚硬冰冷，死亡也没有想象得那样痛苦。我看着自己的血流了一地，似乎将我过往的卑微痛苦都吞噬了，突然觉得很舒服，然后，无数白光包裹了我，我满足地闭上了眼睛……

"可让我震惊的是，我居然又醒过来了，并且看到了镜子里的自己居然是姐姐的模样。接踵而来的是父母的痛哭，然后没完没了地去医院做心理治疗，他们都说我是分裂出来的，他们让我吃药，好把姐姐接到这个身体里来，把我赶走，就像从前一样把我赶走。今天真庆幸，我在这个身体里待了这么久，平时我只能待一小会儿，姐姐就来了……其实我很害怕，我怕永远消失……会吗？"

秦幕沉默了很久，并没有回答她，而是自顾自地问道："你姐姐漂亮吗？说说她的样子吧。"

白冰的脸色突然变得温和，语气里充满了羡慕："她……干干净净的，很漂亮，眼睛很大，从小练钢琴，手指纤细修长，长长的头发光泽油亮，个子高高的，总是笑嘻嘻的……"白冰沉醉在对姐姐的羡慕和向往中，我想如果她们能够一起长大，肯定会幸福得多吧。

这时，秦幕突然打断了白冰的回忆和我的思路，严肃地问道："是这个样子吗？"只见他手里拿了一面镜子，放在白冰面前，她定定地看着镜子里的自己，突然惊恐不已，她大叫着，嘶喊着，无法遏制地悲恸着。是啊，镜子里的女孩儿，黑黑瘦瘦的，因为常年干活儿，双手粗壮且干裂，头发干枯蓬乱，眼睛里写满哀伤，她怎么可能是姐姐呢？

……

秦幕轻轻地拍着女孩儿的后背："姐姐不会再回来了，她把身体留给了你。"

3

一切都结束了，其实当天晚上姐姐说完那些话就后悔了，她一直被当成独生女养大，被宠坏了，从没想过妹妹会用这么惨烈的方式回应这个家的无情。第二天早上当她看到妹妹站在高高的楼顶上时，心中早已充满了惊恐和愧疚。当时，消防车的充气垫还没准备好，妹妹就已经被旁观者冷漠的嘲讽、催促声逼得跳了下来。那一刻，她崩溃了，两个男人都没按住她跑去接妹妹……妹妹从十八楼跳下来后，砸到了楼下的空调机和室外晾衣架，又被树枝拦住了一次，最终砸到姐姐身上。所以，妹妹才觉得地面没有那么坚硬冰冷……姐姐当场身亡，妹妹因为被楼下的障碍物拦截了好几次，加上姐姐在下面帮她缓冲，所以奇迹般地生还了，而且身体并无大碍，但她因为惊恐与内疚而精神失常。至此，这对冷漠的夫妇终于意识到自己酿成大错，后悔不已。

别人都以为妹妹选择死亡是源于绝望，可我知道那是因为不断闪现的希望和紧随其后的滔天失望交替出现，最终让她心力交瘁，激烈赴死。

那天，精神恍惚的白冰被父母小心翼翼地搀扶着离开了。烈日炎炎，却无法温暖她那颗冰冷的心。

我问秦幕，这对曾经犯过错的夫妇，还能否得到女儿的原谅。

秦幕神情凝重地摇了摇头："很难吧，我了解过情况，白冰养父母家其实只领养过她一个孩子，根本没有兰兰那个人。"

我有些震惊："所以，兰兰……兰兰是她自己？"

秦幕："她描述过两次姐姐的样子，都用了一个词'干干净净'，那是相对于她自己说出来的，她觉得自己脏。这世上有很多痛苦的灵魂，只能借助谎言说出事实，同时也借助谎言活下去。"

……

她来这人间走一趟，尝遍世间险恶。

几个月后再见到白冰时,她已经好多了,她最终得到了救赎。只是未来的路并不容易走,毕竟放下痛苦是一件极其困难的事。很多时候,它需要我们走过山海,跨越时空,忘掉前世今生。

风和日丽

"那个大叔想让我给他撑伞,我本想走开的,可是我还是想帮他,我觉得应该给淋雨的大叔撑伞。所以我就给他撑了,但人们都说是我的错,谁也不夸我。"

——《素媛》

1

我叫丽丽,是一尾红色的锦鲤,从小在池塘里长大。我有很多小伙伴:鲫鱼很吵但是会逗我开心;泥鳅有点儿跋扈,但有时也很体贴;青蛙比较自闭,不愿意跟我们玩,但还是会给我们衔来掉落在岸边的莲子;水草不能到处走很寂寞,时常缠着我们给它讲外面的事情。

日子就这样平淡却快乐地过着,直到一天来了两个人类,他们站在池塘边,告诉我岸上才是我的家,他们会送我回家。我并不愿意,但不知道为什么我没有反抗。

陆地上的风很大,我的皮肤渐渐干枯。大树总是不开心,狸花猫说它想喝酒,麻雀不分昼夜地哭,向日葵说它追不动太阳了,佯装快乐的人类故作轻松地讲着令人难过的笑话,无数颗星星在寂寞的夜空中说自己想放弃……

日子清冷,生活干涸,可不可以跟大地请个假,我想回池塘了。

2

和楠风见面的地点并不在诊疗室,而是在江城市道外区的一栋老房子里。

这里属于旧城区,道路狭窄,私搭乱建成风,人造死胡同随处可见,马路旁边的小摊贩都妄想凭一己之力占领整条街的市场份额。

我们是夜晚去的,空气中弥漫着烟熏火燎的烤串味儿,几个光着膀子的醉汉围着一处下水道狂吐不止,远处两个捡废品的老人为谁先发现的一堆旧纸壳争执着……

望着这片闹市,秦幕有些出神,他想从这位并不配合的患者的生活区域找到突破口。

我问道:"怎么样?看出什么名堂了吗?"

秦幕促狭地笑道:"没有,不过没关系。"

其实秦幕平时不会出外诊,我也不知道为什么这次他会答应患者的母亲。如果是出于同情,以他从业八年练就出来的"铁石心肠",可能性不大;如果是因为钱,可能性更不大,这位贵公子物质上就没匮乏过。

一般在一二线城市的医疗领域,精神病和心理疾病的治疗还是区分得很清楚的。精神科医生主要以药物和其他生物、物理治疗方法,改变患者体内的神经递质,以达到改善症状的目的。而心理治疗师以自身为媒介、工具,去倾听、判读、回应来访者的不健康情绪,从而促使其改变。两种专业都需要较长的时间钻研,所以同时精通两种专业的人非常少,秦幕是其中之一,所以他的诊疗费非常高。

七拐八拐之后,我们终于在一条逼仄的胡同里找到了楠风的家。楠风的妈妈毕恭毕敬地把狭小的客厅让给了我们。

楠风,一个十九岁的女孩儿,病例上写的是重度抑郁,半年内自杀两次,当然都未遂。

女孩儿瘦瘦的,长长的头发披散在肩上,面容姣好,穿着白色的连衣裙,然而眼神锐利又凶狠,对我们有些不屑和排斥。

楠风:"出去!"

秦幕好似没听到似的坦然落座,肆无忌惮地打量着她,漫不经心地说道："你妈花了那么多钱请我来，刚来就走有点儿说不过去。"

楠风："所以呢？你想留下来用一些枯燥无聊的长篇大论安慰我，然后心安理得地拿钱走人？"

望着她手腕上淡红的疤痕，秦幕破天荒地不以为意，甚至有些揶揄地笑道："没有，我尊重你的想法。"

楠风一瞬间有点儿蒙。

秦幕继续说道："只是有点儿遗憾，如果你能早点儿有这样的勇气，其实可以避免很多悲剧发生。"

楠风的情绪突然激动起来："你说什么？你知道了些什么？"

秦幕："我知道什么并不重要，重要的是你知道什么，比如说什么是对，什么是错。"

楠风冷笑了一下，然后眼睛泛红地吼道："你们都说我错了，可人性本来就是自私的啊！……别想高高在上地指责我什么，如果你是我，你未必做得比我好！"

秦幕："你说人性自私，如果真是这样的话，她会救你吗？你今天还能在这里跟我吼吗？"

楠风："你……你什么意思？你没资格指责我，你不配！"

秦幕："那么谁配呢？被你拒之门外的那个孩子吗？"

听到秦幕的话，楠风十分惊恐，脸变得煞白，浑身不由自主地颤抖着，我想上前安抚却被秦幕用眼神制止了。许久，楠风近乎歇斯底里地吼道："那又怎么样？我能怎么办？打开门让我和她一起送命吗？难道这就是对的选择吗？难道就非要多一个人陪葬吗？"

秦幕说："我不知道怎么回答你，但我知道身处于那样的困境时，思想挣扎、天人交战的每一秒钟，都是值得尊敬的，而你，连一秒钟的犹豫都没有。"

楠风终于崩溃了，她开始放声大哭，此刻她为自己打造的所有防御堡垒都崩塌了。

秦幕继续说道："半年前的一个晚上，被你甩掉的那个有些神经质的男朋友一直尾随着你，你很害怕，走进楼道里，开始哭喊着跑了起来。他在后面步步逼近，你马上就要被追到，这时邻居家的小女孩儿丽丽听到了声音，为你开了门……情绪失控的男人没抓到你，反而拉住了小女孩儿的胳膊，而你毫不犹豫地冲进了屋子，关上了门。后来的事情，就是最糟糕的结果，小女孩儿被愤怒的男人用水果刀划得鲜血淋漓……她的命虽然保住了，可她的人生却毁了，那些纵横交错的疤痕，难道就是你无奈的选择？

"如果你当时去拉她，未必不能把她拉回来。如果你后来打开门，结局也未必有那么惨，可你什么都没做，你把一个孩子留在了外面。一个十三岁的小女孩儿，已经有了安全意识，知道独自在家不能随便开门，可她还是给你开了门，你又做了什么？在这座不算大的城市里，引起众怒后，你一味地在媒体上道歉，却从不敢亲眼看看被你伤害的孩子，不敢看看被你毁掉的家庭。你佯装内疚抑郁,甚至自杀,可你两次自杀的位置都在手腕侧面,你一个护理系的学生会不知道动脉在哪里?不,你太清楚了,所以你避开了,选择了手腕侧面靠近前臂的位置,那里血管最少。疤痕很浅,伤也不严重。因为刀很锋利,你割得也很轻,这样可以减少你的痛苦,也便于日后修复。

"两次自杀,你都在第一时间发了微博和朋友圈,一切都像一场闹剧,就像今天一样。你刚洗过的头发,熨烫得连条褶皱都没有的裙子和身上的香水味儿,甚至你手上刚卸掉美甲的痕迹,都在告诉我你根本没有抑郁症。最重要的是,你清澈的眼神,暗示着你的思路异常清晰,并且目标十分明确,抑郁症患者根本不可能这样。可你并不富裕的母亲不惜高价请了我,还非求我出诊,无非是想利用我在这座城市里的一点儿名气,验证你那可笑的内疚。所以我一下车就有人在盯着我,借助夜市的喧嚣和灯火,你们找的人没少拍照片吧?如果我没猜错,你们已经写好推文了吧,题目是什么呢?是'精神科医生连夜拯救抑郁症少女',还是'是时候宽恕抑郁症女孩儿了'?

"你可能没想到,那个因为你被刀划成渔网的小姑娘,在半年前就找到了我。当时鲜血从她纵横密布的伤口涌出,因为过度惊吓以及无法面对毁容,她得了很严重的精神分裂症,她觉得自己是条锦鲤,那些疤痕是她的鳞片,暗红的鲜血是她周身的颜色。我花了近半年的时间,都没有把她拉回现实,如果你看到她手腕上自残的痕迹,就会知道你那演绎出来的自杀有多可笑。"

秦幕说完之后,楠风已经泣不成声,她嘴里一遍遍呢喃着"对不起"。我想她这次应该是真的在道歉了,当然,也可能不是,但这都不重要了,因为结果已经不会再改变了。

离开的时候,已经很晚了,望着满天星辰,我对秦幕说:"我见过丽丽,那天她和同龄的孩子一样玩着娃娃,虽然她活在自己臆想的世界里,可是她很开心,并且已经不会再伤害自己了。我觉得我们做得已经够多了,是不是该停下来了,如果真的把她拉回现实的世界,让她忍受着别人像看怪物一样的目光,这样真的好吗?不是所有黑暗的地方,都需要有光,她能够开心地活下去,不就够了吗?"

秦幕紧锁着眉头,掐灭了指尖的烟,表情异常严肃地对我说:"她还那么小,未来的路太长了,我们没权利替她做出选择……"

《悲惨世界》里说,释放无限光明的是人心,制造无边黑暗的也是人心,光明和黑暗交织着,厮杀着,这就是我们为之眷恋而又万般无奈的人世间。

很久之后,丽丽的病情又反复了。我去看她,她把自己泡在浴缸里,像一尾锦鲤一样。我尝试和她聊玩具,聊动画片,她并不回答,只是喃喃地问我:"我做错了吗?"

我不知道怎么回答她。那扇门应不应该开，用面目全非的人生去换一条冷漠的生命到底值不值得，这是我不愿意面对的问题。但我知道的是，楠风和丽丽的未来，永远不会风和日丽了。

药

"爸爸我,也不是一生下来就是爸爸。爸爸也是头一次当爸爸。"

——《请回答1988》

1

杂乱的农家院子里,一个男人一边往口袋里塞着几张百元大钞,一边脚下生风地往外走。这些钱是这个破败潦倒的家里仅有的积蓄,可这并不重要,重要的是今晚赌桌上的排面,毕竟媳妇孩子饿几顿又有什么关系呢。

就在男人无比兴奋地出门的时候,一个五六岁的小男孩儿突然哭喊着抱住了他的腿,不让他离开。男人似乎觉得有些晦气,皱着眉头挣扎了几下没脱身,索性用另一只脚狠狠地把男孩儿踹进了身旁的柴火垛,临走还不忘威胁男孩儿,要是敢出来就打死他。

就这样,男人像躲瘟神似的逃离了这个家,奔向了让他倾家荡产的"黄金梦"。或许是灵魂过于迫不及待,肉体没有跟上速度,走到院门口的时候他踉跄地绊了一下,碰到了晾着萝卜干的架子,萝卜干"噼里啪啦"地撒了一地。一时间尘土四起,弄脏了这个家里仅有的吃食,也弄脏了男孩儿的童年。

2

五月,满城柳絮纷飞,行色匆匆的人们之间似又隔了千重万重。不一会儿,风停了,大地上一片白茫茫。仔细看去,那白茫茫的下面,有着见不得人的污秽,如同人们内心的秘密,欲盖弥彰。

今天诊所的患者特别多,我刚想歇会儿,秦幕就扔过来一份患者资料,告诉我快点儿整理,一会儿还要接诊呢。

我挑了挑眉:"你可真无情啊,我就是个业余选手,不能因为免费,你就老指着我干活儿啊!"

秦幕用他那有些妖娆的桃花眼看了看我,在沙发上摆了个舒服的姿势,漫不经心地说:"不好意思,你的业务能力让我忘记了还需要收费,不过嘛,价值再低也不能等于没有……"

五分钟后，秦财主给我开了一个高得吓人的价格，让我前半生对自我价值产生的怀疑瞬间烟消云散。今天果然是个好日子啊，连空气里的花香都分外香甜。

春末夏初时，整个江城市都会萦绕着丁香花的香气，有些地方浓烈，有些地方寡淡，再大的风也吹不散，它们无孔不入，迎向这个城市中的每一个人，让人心旷神怡，如同一味治愈灵魂的药。

下午一点钟，虚掩的门被推开，随着花香走进来一位中年男人。

杜俊舟，三十五岁，外企高管，患有失眠症，病程半年以上。他的住址是城西著名的富人区。不同于以往患者特有的神经质，他目光温暖且坚定，只是眼下略有青色，面庞俊朗清秀，一头短发打理得精致干练，穿着十分考究，一身质地优良的西装，搭配了一条带暗纹的真丝领带，整个人儒雅、得体、敏锐而又有些冷淡。

我帮他整理完测评资料就带他去了诊室，其间他很客气地跟我道谢。

半个小时后，诊疗开始。

秦幕："杜先生，我看过资料了，我觉得您的病情并不算严重，我们就当是朋友间聊聊天怎么样？"

杜俊舟云淡风轻地笑了笑："当然，其实我每天睡得也还可以，只是偶尔有几天会因为工作压力大而失眠。中年危机吧。"

秦幕微微怔了一下，又如常地微笑道："杜先生可是社会精英，即便到了中年也不会有危机吧。我看这病程有半年了，您之前还去省医院看过，冒昧问一下，半年前发生了什么变故吗？"

杜俊舟停顿了一下，回答道："半年前我父亲去世了，肺癌。不过老人嘛，都有这一天，没什么不能接受的。其他的就算不上什么变故了，无非是为单位的一些琐事烦心。"

秦幕："嗯，说说您父亲怎么样？能培养出您这么优秀的儿子，不容易吧。"

杜俊舟目光有些飘忽："我小时候他和我母亲就离婚了，这么多年联系并不多，直到前两年我们才恢复联系，也是因为他病了。我对他也没什么特别的感情，我以为亲子关系与其他关系是一样的，并不神圣，也不特殊。再者，这世上什么都要讲缘分的，不能强求，您说是吧。"

秦幕："杜先生说得是，他这么多年没有尽到父亲的责任，临终前您却尽了儿子的义务，可见您是个好人。"

杜俊舟怔了一下，说："我……也没什么，虽然他浑蛋了些，但毕竟父子一场，再说我也不想让我母亲为难，所以他癌症后期的治疗费都是我负责的。"

秦幕："如果您不介意的话，能说说他们为什么分开吗？父母离异对孩子会造成很大的心理压力吧？"

杜俊舟神色轻松，甚至嗤笑了一下，说道："没什么好介意的，小时候我们家住在农村，家里地少，本来条件就不好，我父亲还染上了赌瘾，要债的一拨儿接一拨儿，运气好的时候被人指着鼻子骂一顿就过去了，运气不好的时候就得挨上几个嘴巴。那时候我爸和我妈天天吵架，后来他吵烦了，就和隔壁村的寡妇跑了。家里再没一分钱给我花了，我去别人翻过的地里捡土豆，去山上帮人锯木头，还去镇上的厂子里偷废铁，因为年纪小跑得慢，被抓了……秦大夫，您知道脸被踩进泥里是什么感觉吗？我知道。为了把书读下去，为了摆脱恶劣的生存环境，我什么都干。您看上去应该是一路顺风顺水，由精英文化打造出来的，我呢，是从泥里爬出来的，所以，我们有什么好聊的呢？您所谓的孩子的心理压力，在我看来廉价得好笑，当活着都成问题时，谁还在意这个？说实话，我来这儿的目的只是需要一瓶阿普唑仑，除此之外，我并不觉得我需要其他的治疗，您说呢？"

秦幕不以为意，目光坦然地注视着对方："哦，是吗，一瓶真的够吗？我猜不够。杜先生，不好意思，提示您一下，您眼下的修容霜脱妆了。因为怕室外的噪声影响患者的情绪，我通常不开窗户，可能有点儿热。当然，男士整理仪容也是一种礼貌，并没什么问题，但是您脸颊处更为明显的痘痕却没处理，只处理了黑眼圈，是为了应付医生吗？还有我观察过您的右手有抖动的迹象，您一直用左手压着，我猜那应该是阿普唑仑的副作用。这个药是最常见的安眠药，具有成瘾性，一瓶一百片，最高剂量每天可以吃到十片。您是半个月前去的省医院，也是去开药的吧？这么算，您的用药剂量真的不算少，加上半年这么长的病程，可以判断，您的失眠症已经很严重了，可是为什么要故作轻松地掩饰呢？其实，您也不需要有顾虑，来我这儿的每一个人心里都藏着秘密，带着秘密活着可不容易……癌症的治疗费用很高吧？本来童年的生活就很艰难，长大了拼了命地从底层爬上来，还要被人给拉下去，甘心吗？可不甘心又有什么办法呢？那毕竟是自己的父亲，他给予你生命，你帮他延续他的生命，本来就是合情合理的，对吧？"

杜俊舟似乎被戳到了痛处，双目充血，脸色因为激动涨红了，有些干裂的嘴唇不住地哆嗦着，连带着脸颊都抽搐了起来。半晌，他说道："合情合理？凭什么？我这条命是他给的，可我有的选吗？我从前像狗一样活着的时候他在哪儿？凭什么我终于活成个人了，他又出现了，还要把我打回原形？！"

秦幕不为所动，漠然地看着杜俊舟："他在你生命里陪伴的时间可能并不长，或许也的确做了很多浑蛋事，但他这辈子真的一点儿父爱都未曾给过你吗？"

杜俊舟过热的脑子和过冷的心终于把他逼到了一个临界点，太阳穴旁暴出了一条一条青筋，他像听到了什么残忍又可笑的话一样，冷笑着摇了摇头……是啊，那样一个赌徒，连呼吸都是自私冰冷的，又拿什么给别人温暖呢？可怜了这个英俊而又阴郁的男人，明明这么优秀，却要活得这么辛苦，明明上半身已经爬到了另一个世界，下半身却还在黑暗腐朽的沼泽里扑腾着，既让他看到了万丈光芒，又让他肮脏腐烂，没人关心他这些年到底经历了什么。等到他终于可以一跃而起、完全脱离的时候，偏偏那个所谓的父亲又出现了，并准备把他拉回他原来的世界中。

某种无法言说的愤怒，山崩地裂地炸开，他藏在皮囊下面几十年的尖刻，一下子暴露了出来，他低吼道："父爱？因为他，全村人都看不起我们家，夏天邻居家的雨水往我们家门口排，冬天院子里的柴火总被偷，半夜三更还有男人爬墙头，村子里的闲话让我觉得我都不配活着。好不容易熬出来了，那些人终于对我另眼相看，我家一度门庭若市，从前往我家吐唾沫的那些人，现在全都过来推销自己家里那些愚蠢的村姑……这么多年来，我苦心孤诣，努力把丢失的尊严拼凑个大概，努力在这座城市站稳脚跟，甚至努力去忘掉我那惨痛的前半生……可他呢？消失了半辈子，一出现就跟我要钱，说自己病了，不给就威胁我去我单位闹，我所有的努力、期许，全都在他恶心拙劣的伎俩下成为笑话，凭什么？凭什么努力生活的人，要毁在贪婪的泥腿子手上？！"

秦幕漠然地问道："所以呢？你对这个泥腿子做了什么？"

杜俊舟神色一缓，先前愤怒的眼神突然畏缩了起来：

"我……我什么也没做,不,我已经做了够多的了,我妈不忍心看着他去死,手术的治疗费用、护工费用我都出了,后期的靶向药……药也是我托朋友买的,买了房子后我已经没有太多钱了,每个月还要还房贷。可他就是不肯放过我,最后连老家的房产证也要走了。我的人生他从来没参与过,他的生死和我又有什么关系……"

说着说着,杜俊舟恸哭起来,或许是委屈,或许不是。初见时他那看似从骨子里散发出来的体面,就像一层薄薄的宣纸,他苦心经营了这么多年,到头来一扯就掉,里面的皮囊狼狈不堪。

良久,他的情绪终于稳定了,只是整个人有些恍惚。

秦幕心理素质绝佳,这个情况下,他还是不依不饶地盯着杜俊舟的眼睛,说道:"从开始到现在,你说了这么多他对你的伤害,你有没有想过,你究竟是在说给我听,还是说给自己听?你拼命地想说服自己什么……在心理学上,有这样一种现象,当人们违背自己的道德准则时,会期望受到惩罚以赎罪,而当外界没有实施惩罚时,内疚者会进行自我惩罚,以减轻内疚感。我想这个现象,你左手腕上的烫伤已经体现出来了。是烟头烫的吧,你的失眠症已经很严重了,现在还有自残的行为,如果不说实话我帮不了你。"

杜俊舟瑟缩了一下,呆若木鸡,把手腕缩到袖子里,沉默良久,终于开口:"我会死吗?"

秦幕:"不会,但你会像死一样活着。你愿意吗?"

杜俊舟闭上了双眼,压制下所有的情绪,缓缓说道:"他前期的治疗费用花了二十万,后期需要用靶向药厄洛替尼维持,一盒四千六,只有七粒,每天吃一粒的话,一个月也要将近两万……后期我压力实在太大了,就偷偷换了药,用的是维生素,他吃了几个月后发现了,我们吵了一架,结果就是我每个月定时把钱给他,他自己去买……后来没多久,他就撑不住了……"

秦幕:"厄洛替尼的副作用特别复杂,你用维生素换,病人几天就能感觉出来。所以,他应该一开始就知道了,可他为什么不说,后来为什么又说了,你想过没有?最合理的一种解释就是这么烧钱的药他也不忍心吃了,他可以死,可以死在任何人手里,但绝不能死在你手里,你已经吃了太多苦了,下半辈子不能还带着包袱活着。"

人们说不死不休,可他们这段父子"恶缘",直到死都休止不了,结束不了。此时的杜俊舟早已泪流满面,生离和死别从一而终地贯穿在他单薄的命运里,他毫无还手之力。他向来不惮以最大的恶意揣测自己的人生,没想到,命运还是大大超出他的想象。满心愧疚的人,未来的人生要怎么继续呢?

他努力地控制着自己的情绪,半响,说道:"是啊,他从一开始就没想过活,就想偷偷看看我们母子,被我妈发现了……我妈逼着他治病,可他瞒着我们连手术都没做,怕我妈不依不饶偷卖老家的房子给他买药,才骗走了房产证……我一共给了他二十六万,他一分都没动,他把这些钱和房产证外加他一辈子仅有的四万块钱都放在我小时候的一个书包里。他临死时人都糊涂了,还不忘让我妈把东西给我……他在医院走的,明明那么想回家,那栋老房子是我们一家人唯一的回忆,可他硬是在医院安静地等死,他说房子死过人以后就卖不上价了……我怎么那么糊涂啊,我怎么就换了他的药啊,他得多难过啊……"

杜俊舟此时终于泣不成声。

离开的时候他仿佛老了十岁,两条腿都在微微地打着晃儿。

我望着这个崩溃的中年男人的背影,莫名地心疼,或许这对他来说是一道过不去的坎儿,或许也能过去,但要迈很久,大概有一辈子那么久吧。

后来我问秦幕,给他开阿普唑仑了吗?他说开了,不过里面换成维生素了。

3

阳光明媚的一天,一个男人独自来到墓园,在一座墓碑前发呆,许久,他蹲了下来,抚摸着碑上的照片说道:"你亏欠了我,我也亏欠了你,咱们算是扯平了吧,要是有下辈子,就别见了吧。"

……

男人思绪飘向远方,很远很远,像过往那么远……那时他还小,每次要债的登门抽父亲嘴巴时,父亲总是窝囊地央求对方背对着孩子,别让孩子看见……那或许是这个卑贱的赌徒,最温柔的样子了。

"爸,我想你了。"

4

北风呼啸而过,扬起阵阵黄土,弄脏了这个本就败落的家。

男人在院子里努力地翻找着媳妇藏起来的钱,他已经输了太多太多了,他今晚必须翻本。终于,他在咸菜坛底下找到了被小心翼翼包起来的几百元钱,四两拨千斤的美梦仿佛马上就要实现了,他兴奋地把钱往口袋里塞,健步如飞地要往赌桌上奔。这时,儿子突然跑出来紧紧地拉着他,那么小的孩子已经吃够了没钱的苦,也吃够了父爱缺席的苦……可回应这个幼小心灵的,只有父亲的不耐烦。

突然,一阵桌椅碰撞的声音响起,男人心中大惊,他知道那是要债的人从后门进来了,顿时汗毛竖起,用力将男孩儿踢开,扔进了身旁的柴火垛,并威胁他不许出来不许哭。然后男人转身准备向外逃去,可眼看一伙人四处翻找,离柴火垛越来越近,男人狠了狠心,故意弄倒院子里晾萝卜的架子,把他们吸引过来,再一路狂奔……

那天,他理所当然地被追到了,跟口袋里的钱一起离开的,还有他的一根手指。

第二章
有些魔障，吃斋
念佛是破不了的

你正在死去，也即将重生。你要赎你犯的罪，无限次体验死亡之前的恐惧，才算完成灵魂救赎。

救 命

原罪被放大,总有一角会照出自己。

——东野圭吾《恶意》

1

这座城市总是苏醒得过早,昨夜的浮沉还未落定,今日的喧嚣就迎着晨曦卷土重来。

学府路并不在市中心,但它是这座城市里十分重要的一条交通枢纽,仅因为它是省重点中学的所在地。

严苛的校规,马不停蹄的学习进度,打造了令人瞩目的升学率,让这所中学一度成为所有家长梦寐以求的圣殿,仿佛这是一座熔炉,能把金属表面的杂质熔掉,提炼出24K的黄金。当然,家长们从不质疑自己孩子的内核究竟是什么。

早晨六点十分，阳光透过树叶的缝隙稀稀拉拉地洒落一地，微风轻柔拂面，女孩儿像往常一样走在通往学校的小路上。这是一条坡路，两侧是卖早点的小摊儿，早点的品类特别齐全。绿豆面儿倒在铁板上，摊开一个美妙的圆形，薄到极致却不肯破，再打上一颗饱满的鸡蛋，配合着油香扑鼻的薄脆，这便是煎饼馃子摊主的独门秘籍。紧邻着的是卖豆浆油条的摊位，固执的老爷子每天都要倒满大半锅新油，在他看来给学生们吃复炸的老油，简直罪该万死。良心制作的油条，酥嫩松脆，油而不腻，配合一口味道醇厚的小磨豆浆，让人发自心底地满足。再往前是一个苏州人开的面摊儿，面极细却劲道，汤清却不寡淡，最让人欲罢不能的是一块白嫩肥美的焖肉，入口即化，唇齿留香，而这，也是女孩儿最难拒绝的。

女孩儿贪婪地闻着每一种食物的味道，一路走来，一路克制，最后紧紧盯着那块充满脂肪的焖肉，看着焖肉掉落在面上颤抖的样子，她几乎将每一帧都记录在了脑子里。她胖胖的手紧紧攥着口袋里的钱，有些肥硕的腿刚抬起来，又停了下来。终于，她咽下口水，转身冲进了学校，仿佛劫后余生似的坐在自己的椅子上抿嘴笑了笑，又从书包里拿出了一根小小的代餐棒，仔细品尝起来，虽然这东西味同嚼蜡……吃完她还不忘抖落掉在硕大的胸脯和两层肚腩上的残渣，虽然动作足够小心翼翼，但肥肉还是和残渣一起颤抖了起来，笨拙且滑稽。与此同时，背后传来了阵阵嗤笑，有来自男生的，也有来自女生的，无所顾忌，又稀松平常。

第一节是语文课，大家迅速地翻开书，女孩儿也不例外，可是刚打开就有一股奇特的味道散发出来，那是酸奶在夏天腐败的味道，一种特殊的酸臭。望着黏糊糊的课本，女孩儿有些慌乱地擦拭，但并没有特别惊讶或生气，唯一不满的似乎只有语文老师，她看着味道的来源，边写板书边皱着眉说道："夏天了大家还是少吃点儿吧，胖人身上的汗腺太发达了，这一屋子人，都因为一个人身上的味道熏着，多难受！"下面哄堂大笑，女孩儿的脸红得似要滴出血来，头也拼命往脏兮兮的课本里埋……

女孩儿没有朋友，那些学校里举止张狂的坏孩子总能轻易交到朋友，他们当然不喜欢她，或许也可以说"喜欢"，因为她是他们打发无聊枯燥日子的发泄对象，那些侮辱性的语言和恶作剧，总能让他们获得满足感、价值感，以及快乐。那些老实乖顺的孩子却又对她避犹不及，生怕和她走得近了，那些脏话也会刻满自己的桌子，那些隐藏在厕所门后的巴掌，也会落在自己的脸上，趋利避害嘛，人之常情。

对于这些，女孩儿不是没有试图反抗过，她曾尝试和父母沟通，可是终日忙于打工的父母，早已尝遍了人间的恶意，人到中年，麻木不仁，他们理解不了孩子内心的痛苦，她说得多了，他们只会不耐烦地回答她："他们怎么就欺负你？""人家笑话你，那你减减肥不就完了吗？"吃着灯草灰，放着轻巧屁，总是格外容易。

女孩儿家境不好，可父母仍旧硬着头皮交了赞助费，让她进了本市最好的中学。很多时候，他们就像两头驴，没日没夜地闷头往前奔。孩子则像他们改变家族命运的木偶，被他们拴在屁股后，连滚带爬地被拖着走，哪怕已经被拖拽得血肉模糊了，可仍要默不作声地奔向他们臆想中的锦绣前程。

她也曾试图求助老师，可当她顶着被班里的"大姐头"剪得长短不一的碎发站在老师办公室，换来的只是轻描淡写的几句话时，她彻底绝望了。或许就像老师说的，这只是女孩子之间有点儿过火的小玩笑，并不算什么，毕竟头发还会再长出来的。

而带头施暴的也不过是个被父母宠坏的孩子，人们总会原谅孩子的。这个"有点儿不懂事"的孩子名叫岑菲，成绩也曾经名列前茅，后来她可能意识到自己家境的优势，觉得没有必要活得那么辛苦，便开始胡作非为起来，让其他同学既羡慕，又畏惧。

自那次起，女孩儿便读懂了老师眼中的蔑视，其实她早就懂的，毕竟每次学期评价，老师给其他同学都会写上满满一页，给她的永远都是同样的几句话，而这几句话中唯一像是表扬的只有"该同学比较听话"，这话着实熨帖，似乎用在谁身上都可以。可她还是想试试⋯⋯

又是一天清晨，这也意味着新的难堪又要出现了。

女孩儿今天骑了自行车，因为挤公交车，她总会因为自己庞大的身躯占了太多地方而遭到别人白眼。她气喘吁吁地蹬着车，想快点儿到达班级，避免在路上遇到"大姐头"。可她还是被那帮人拦了下来。

面前的岑菲抽着烟，身后跟了男男女女好几个人，都是学校里的小混混。

不一会儿，女孩儿的自行车就被掀翻在地，她低着头、缩着肩，努力把硕大的身体缩到最小。

"这自行车真结实啊，被你压过都没散架！"

"你们见过猪骑自行车吗？"

"你们看，她的衬衫扣子都快崩开了，哈哈哈！"

……

周围的人笑作一团，女孩儿羞愤得满脸通红，她很想冲上去和那些人拼一场，可是她不敢。她不敢反抗毫无道理的欺压，不敢面对老师的不公与偏袒据理力争，不敢将自己内心的伤口全部摊开在父母面前。她活了十六年，只把自己活成了一个大写的"不敢"。

书包被扯了下来，里面的课本散落一地，风一吹，书页哗啦啦地翻动着，好像在拼命地招呼过往的同学来拯救她，可众人掩面疾走，谁也不想惹麻烦……阳光真好啊，却不曾落在她身上。

女孩儿被他们推搡到了角落里，头"咚"的一声撞到了墙上，"大姐头"打了第一个巴掌，后面的巴掌，纷至沓来。众人起哄着，笑着，闹着……硬的铁器，打在软的肉上，被生生打弯了。

岑菲，这个行为乖张的坏女孩儿，有着超乎同龄人的阴狠，或许这世上有些人的坏是与生俱来的吧。她冷笑着去拉扯女孩儿的衬衫，手顺着领口伸了进去，贴着皮肤四处掐，其他人兴奋地大叫，掐够了，还甩了甩手，揶揄道："真恶心，都是肥油。"

后面的男生，跃跃欲试……并拿出了手机全程录像。

……

整个过程持续了很久，众人走了之后，女孩儿跪在地上号啕大哭，可刚哭了一声，她马上又咬紧了牙关，是的，她连哭都不敢……

她一本本捡起地上的书，努力塞进已经残破不堪的书包里，然后扶起已经被踩得有些变了形的自行车……她必须去上学，必须努力息事宁人，必须硬着头皮走下去，直到毕业，如果有可能的话。

湛蓝的天空上，白云悠闲地缓缓移动，一群麻雀叽叽喳喳地抢食着早市上人们掉落在地上的食物残渣。女孩儿狼狈地骑着车，穿行在往日让她怦然心动的各个食摊间，风在耳边呼呼而过，默默地帮她带走眼泪。她拼命地向前骑着，越来越快，仿佛要脱离这屈辱的一切……

2

夏日的太阳总是滚烫滚烫的，连一阵风吹过，都带着要将人烘干的嫌疑。

这天早晨，在本市收费最高昂的心理诊所门前，一对母女驻足良久，母亲头发有些凌乱，神色凝重，紧紧地揽着身旁女孩儿的肩膀，而女孩儿一脸茫然，眼神没有聚焦，嘴里咿咿呀呀念着什么，最后任由母亲带了进去……

诊疗室里，女孩儿独自坐在沙发上，望着对面的窗户发呆。母亲十分不安，犹豫不决地对年轻英俊的医生说："她这个样子，自己在这儿真的没问题吗？"

"你要相信我，也要相信她，放心吧。"

在医生的安抚下，母亲疑虑重重地离开了诊疗室。

因为昨夜饮酒过度，秦幕今早起来头还是有些疼，他揉了揉太阳穴，努力进入工作状态。他刚要坐下护士就敲门进来了，说了几句话又匆匆离开了。

秦幕边翻看着手里的资料，边观察着女孩儿，女孩儿一直看着窗外，表情呆呆的，整个人呈痴傻状态。秦幕没作声，倒了两杯水,俯身将其中的一杯放到女孩儿面前,当然,女孩儿并没有回应他。

穿上白大褂,戴上金丝边眼镜的秦幕,收起了玩世不恭的姿态,努力让自己显得正经又具亲和力,那双好似隐匿着星辰大海的眼睛微微弯起弧度,嘴角也挂着一分若有似无的微笑,半晌,说道:"嗨,你喜欢窗外的风景吗?需要我打开窗户吗?"

跟预想一样,没有回应。

"你是和谁一起来的,还记得吗?如果我让你觉得不安了,我可以带她来陪你,怎么样?"

依旧没有回应。秦幕并不介意,手指敲了两下桌面,然后站了起来,转身拉上了窗帘,窗外的风景就这样被阻隔了。

女孩儿有些恼怒又有些不安,眼睛瞪着秦幕。秦幕终于微笑了,说道:"你能告诉我现在是上午、下午,还是晚上吗?回答完了我可以考虑帮你把窗帘拉开哦!"

"晚上。"女孩儿思考良久,终于茫然地从嗓子眼儿挤出两个字。

"我刚才倒了几杯水?"秦幕继续问。

女孩儿木讷地说道:"三杯。"说完目光又空洞地看着洁白的墙面。

"哦。"秦幕没再说什么,随手把患者资料放在桌面上,然后端起水杯,放到唇边,突然手一滑,水杯应声落地,四分五裂,水花四溅，刚好溅到了资料上患者详情那一栏——"姓名：岑菲；怀疑病症：颅脑外伤所致精神障碍"。

秦幕："你伪装得这么严重，我用药也会很重的，精神类药物的副作用是不可逆的，你考虑好了吗？"

岑菲一怔，很快就收敛起所有的情绪，恢复了木然的神情，并且看上去不准备再做任何回答。

秦幕不以为意，微微扬起下巴，眼神有些轻佻，嘴角却收起笑意，态度分明地说道："你坐到这里时，对环境的感知表现得非常麻木，然而护士突然进来时，我观察到你瞥了一眼。后来我问了你几个问题，你每次都能准确地扭曲答案，同时却不偏离问题本身，这说明你在有意识地规避正确的答案，而真正的精神病患者是做不到的，他们通常只会答非所问。最后，我假装不小心把水杯打碎了，杯子掉在地上的声音很响，过程中我一直紧紧盯着你的反应，你果然在那一瞬间眼球飞快地朝这边动了一下。无意注意的生理基础是朝向反射，也就是说，人们面对外界刺激的时候会不自主地关注到刺激的来源，类似于膝跳反应，这点是很难控制的。你知道每年在我面前装病的患者有多少吗？你的破绽是最多的。你以为我很蠢是不是，随便摆个样子，就能利用我开出个精神病证明？我不知道你出于什么样的目的，但做个正常人不好吗？怎么样，丫头，现在有没有心情和我聊聊了？"

已经被掀开底牌的岑菲索性放弃了伪装，目光犀利且阴狠，眉毛轻轻挑了一下，愤怒地看着面前这个精明得有些可怕的男人，说道："看出来了又怎么样？你算个什么东西！我花点儿钱拿你寻开心不行吗？"

被嘲讽的秦幕并不生气，捋了一下额前的碎发，然后饶有兴味地笑着说："想伪装成精神病患者的人通常只有一种，就是做了不好的事情，害怕承担责任，想进精神病院混几年再出来，让我猜猜你做了什么，怎么样？"

岑菲有恃无恐地审视着秦幕，狭长的眼睛带着不同于同龄人的刻薄，良久，说道："我可是个好学生，而且是未成年，你可别乱说！"

秦幕有些不屑地冷笑道："是吗？你以为我凭什么收这么贵的诊疗费？并不是每一个患者都是诚实的，比如你，所以每次治疗之前我都会掌握他们的所有资料。现在，要我帮你回忆一下那个被你欺凌的女孩儿吗？那个叫向晴的胖女孩儿被你油炸了是不是？你居然没被关进去，还能出现在我面前，让我很诧异啊……"

突然岑菲整个人都紧绷了起来，她想佯装镇定，可努力了半天还是没做到，连脸颊都开始抽动，终于失控地大吼了起来，好像这样能减轻良心的不安。

"你知道什么？和我有什么关系……你根本什么都不知道！啊！"

……

3

风，在耳旁呼呼而过，带走了泪水，却带不走屈辱。

扯坏的衬衫，红肿的脸庞，松动的牙齿……在太阳炙烤下，更让人觉得难以接受，向晴骑着那辆破烂不堪的自行车，在通往学校的小路上吃力地前行。

那是一条下坡路，两边是热闹的早市……自行车因为惯性越来越快，等到向晴想停下来的时候，才发现车闸不知被谁剪断了。就在这时，偏偏冲出来一个两三岁的孩子，她躲闪不及，一头冲进了油条摊儿……老爷子依旧倒了大半锅新油，等油温升到极高才肯把油条坯下锅，没想到这一锅闯了祸，伤到了一个大活人，他立马吓得瘫倒在地。

大半锅热油浇在身上，最后还连人带锅翻了个跟头，顷刻间就惨不忍睹……空气中散发着某种诡异的味道，周围人的头皮都要炸了。

最后，警察和急救人员全都来了，向晴毁容了，而且左手被截肢，仅仅保住了性命。警察在附近的监控里发现了岑菲剪断自行车车闸的视频，正常程序应该是先关押岑菲，但是得知真相的向晴母亲，在几近崩溃下冲进校园，挣脱了众人的阻拦，狠狠地推搡了岑菲的头几次，最后一次使岑菲的头撞到了门框上,导致后脑出血。其实岑菲的伤情并不严重,但是岑菲的家人想借机开具其颅脑外伤所致精神障碍的证明,以逃避入狱……

4

毁容后的向晴更加胆小了,她整天躲在昏暗的小房间里,时而想生,时而想死。

有一天晚上,她做了一个梦,梦里她出席了自己的葬礼,人们都在哭,只有她在笑……最后,在众人惊恐的目光中,她朝太阳竖起了一个中指,然后以百米冲刺的速度,冲进了炼炉里,姿势优雅且潇洒……

清晨,她笑醒了。

5

三年前,刚入中学的向晴胆小懦弱,平凡无奇,没有人对她过多地关注。

三年前,刚入中学的岑菲成绩优秀,漂亮懵懂,不会惹是生非,也不会过分招摇。

只是一个晚上，两个人的人生轨迹都改变了……

那天晚自习结束后，已经快九点了，有些磨蹭的岑菲落了单，同伴先走了，她只能一个人通过厕所后面的小胡同，偏巧遇到了几个喜欢寻衅滋事的高年级混混。几个人显然喝了酒，立刻冲上来把岑菲往厕所里拖，岑菲大声呼救，却被粗鲁地捂住了嘴，而这一幕恰巧被向晴看到了，那一刻她吓蒙了，整个人呆呆地愣在原地……岑菲发不了声，只能用充满泪水的双眼向向晴求救……几个混混拿着酒瓶和砖头恐吓向晴，如果她敢多事就杀了她……

最终，向晴没有呼救，也没有报警，她一个人瑟瑟发抖地跑回了家，自欺欺人地安慰自己，岑菲一定会逃出去的。

这件事情两个人都没有对任何人说，岑菲不动声色地咽下了苦果，她害怕父母崩溃，害怕同学老师异样的眼光，所以，她最终放过了坏人，也成了坏人……

阳光明媚，却照亮不了人们心底的黑暗。至此，所有的起点与终点，都在不同的轨迹上交汇了，隐约露出了深渊的轮廓。

6

几个月后，这所省重点中学在无数赞誉声中迎来了新一届学生。

中午十一点三十分,校园午休的铃声响起,一个瘦弱的女孩儿第一时间冲到走廊尽头的卫生间,为了不落单,她一上午都没离开过教室。

作为一名初一新生,她一直在努力融入这个环境,但显然并不顺利。就在她想返回教室的时候,几个女生突然出现并随手将卫生间的门锁上了。

……

"香吧?快吃,吐出来就打死你,看镜头!哈哈!"

"别打脸,下午会被老师看到!"

"快点儿让她把裤子穿上……她尿了,真恶心。"

……

新的轮回,再次上演。

六分钟

> 那些激烈恨着的人，一定曾深深爱过；那些极力想否定世界的人，一定曾热情拥抱过他们现在焚烧的东西。
>
> ——库尔特·图霍夫斯基

1

夜风忽至，绚烂的星空即将被遮挡。乌云涌动的地方，仿佛滚出如墨的黑，很快便吞没了炽亮的星辰……整个世界陷入沉寂。

此时的秦幕，仿佛与这世界相得益彰，他安静地坐在沙发上，低垂双眼，微皱着眉，凝视着手中的病历，表情沉重，眼神却没有聚焦，似乎早已穿透病历，看到了另一个世界。

"帮我把明天的预约都取消了吧。"正在整理材料的我听到秦幕这句话，怔了一下，问道："抽什么风？明天可是都约满了，出什么事了吗？"

秦幕抬头看了我一眼，冷淡又严肃地说了句："要命的事。"便转身进了诊疗室。

这个男人身上有种矛盾的气质。不正经起来，浪荡不羁，一身桃花；正经起来，那种理性与严肃又能无缝衔接上，气场逼人。

2

第二天一早，秦幕便拉着我去见了一个人，一个曾经有严重自杀倾向的抑郁症患者。我们用了一年的时间，才让她放弃了自杀的想法，可她紧接着就查出了甲状腺癌晚期。这个世界真是荒诞，它会劝想死的人好好活着，却又把准备活下去的人往死里逼。

她叫楠柯，三十岁，是一名教师，常年吃药让她显得十分憔悴，脸颊也有些浮肿，不过依稀还能看出她从前姣好的面容。

曾经她也是一个幸福的女人，然而，人生变数无常，婚后第三年，她的老公出轨了。

小三来势汹汹，男人摇摆不定，她又不肯放手，每一天她都在煎熬中虚耗。耗着耗着，她就耗出了抑郁症，好不容易症状转轻,又耗出了癌症,跌宕起伏的人生,充满了遗憾与背弃。

我们赶到医院时,她的状态已经很不好了,伴随着仪器刺耳的低鸣与亲友们克制的抽泣声,我想她可能这次真的撑不住了吧。秦幕曾经那么奋力地把她从死神手里拉回来,没想到终点还在起点处,她最后还是被命运死死压制住……我们,都一败涂地。

她年迈的母亲在门口看到我们强打精神赶来,强忍泪水对我们说:"真是麻烦你们了。"望着这位即将失去孩子的老人,我只能简单宽慰几句。

此时的楠柯已虚弱不堪,脸颊深深陷了下去,原本明亮的双眼好像蒙了一层灰,并且显得突兀,嘴唇也裂开了口子。秦幕握住了她的手,她并不看他,我知道她的精神状态已经不太好了。

良久,她用空洞的双眼望了望门口,声音嘶哑地说道:"他没来!秦医生,他没来!最后一面他都不肯来……我不甘心啊!"她边说边恸哭起来,情绪越来越激动,胸口剧烈地起伏着,有那么一瞬间,我似乎感受到了她铺天盖地的痛苦……窒息感扑面而来,秦幕轻抚着她的肩膀,与她对视着,然后坚定地告诉她:"他没来,不是他不爱,只是他的爱结束了。当然,我更愿意相信他还在路上,你看现在才十点,我们再等等好不好?好不好……"

楠柯的心电图越来越不规律，呼吸也开始艰难起来。秦幕一边让她看着表放松情绪，一边示意我去叫大夫。

医护人员焦急地把仪器往病房里推，抢救措施开始进行。年轻的医生一下一下地为楠柯做心肺复苏，可她的生命依旧在流逝……此时，护士已经做好了电击的准备。十二次电击除颤，从九十伏，一百二十伏，到四百伏，楠柯还是留不住了。

这几年她活得太辛苦了，从肉体到意志，或许这样也好，起码她解脱了。

在抑郁症刚好转的时候，她就开始了抗癌的路程，然后癌症的痛苦又让抑郁症复发……这半年，在辅助她治疗的过程中我得知，她同病房的小姑娘头发掉光了，连眉毛也掉了；她化疗时遇到的男病友忍受不了疼痛，自己拔掉了粗大的针头；新来的老太太舍不得花钱，倔强地怒骂着儿女，执意要出院……还有，她已经有一百零二天没有见到她老公了……这一切都太沉重了，此时终于都结束了。

3

楠柯感觉身体慢慢下沉，灵魂一点点上升，散开的瞳孔看到了无穷无尽的白光，白光散尽，她以第三者视角看到了已经没有生命迹象的自己，看到了哭倒在床头的父母，她不知有多久没仔细看他们了，原来他们的头发都白成这样了啊……看到了抱头痛哭的朋友们，因为她把所有的精力都放在鸡飞狗跳的婚姻上，已经忽略他们好久了……看到那个叫江沚的姑娘红着眼圈跟自己道别……看到悄无声息地擦掉泪水的秦医生，这个将情绪控制到极致的贵公子，原来也会掉眼泪啊……周围哭声一片……

楠柯才发现，原来有这么多人爱着她，可惜，她这一生错过太多了，再也没机会弥补了。可是，真的没机会了吗？

一瞬间，画面扭转，天翻地覆，楠柯经过一阵剧烈的头痛后，再睁开眼，发现自己已经回到了家里。此时正值午后，温柔的阳光暖洋洋地洒在她惊恐的脸上，她从入定般的呆滞中跳了起来，冲到床头翻看电子台历，2018年3月22日，这是她婚后的第一年啊，再抬头看到镜子中的自己，唇红齿白，肌肤如雪，乌黑的头发肆意地散落在肩上，这是还没经历病痛折磨的自己。她，真的回来了。

……

这个时间，一切的麻烦还在萌芽中，她还有两年的时间，来得及。

楠柯用很长时间才接受了这个现实，也接受了身边这个男人。他还是从前温柔的样子，尽管眼神中隐约有些许闪躲，可没关系，爱情还在，婚姻还在，一切就都有转机。

楠柯很用心地照顾着家庭，也很用心地享受着生活，或许是之前病得太久了，辜负了太多时光，她不想再虚度了。

现在，她每天都会把家里打理得温馨舒适，在客厅里摆满鲜花，帮男人熨烫贴身的衬衫，热好温度适宜的牛奶，然后优雅地坐在窗边，边吃苹果边看书。苹果青青脆脆，咬一口汁水漫溢，酸甜可口，就像生活的味道。

她觉得家就该是这个样子吧，这一次，她想好好地守住这个家。哪怕他曾经背叛得彻头彻尾、毫无底线，可她还是舍不得。

命运这个东西真是奇怪，你被什么吸引，什么就是你的命，也是你的劫，一切都是注定的。所以，该来的，还是来了。

那一天，楠柯坐在沙发上啃着苹果和朋友聊视频，男人请了病假提前下班回来了，说了句头疼，便换了睡衣去床上休息。天太热了，男人似乎有些中暑，楠柯给他拿了凉茶，调低了空调，又捡起地上的衬衫准备去洗，刹那间若有若无的香水味挑衅般地刺激了楠柯的嗅觉。楠柯看着电子日历，面无表情地喃喃道："提前了啊……"一滴眼泪从她的眼角悄无声息地滑过。

晚上，楠柯做好饭，又热了牛奶，陪男人吃完，便开始收拾皮箱。男人问她："要出差吗？"楠柯笑了笑，告诉他自己要陪父母去云南旅行，一周后回来。男人体贴地帮她整理皮箱，并嘱咐她要注意安全。

第二天，楠柯在机场轻轻地抱着男人说："你在家乖乖等我回来啊，不许乱跑，好不好？"男人愣了一下，然后笑着摸了摸她的头说："好。"

楠柯带父母来到了云南的一座小镇——沙溪。这是一座活着的古镇，这里的人努力地保留着它几百年前的面貌，就像楠柯努力地保留着她的爱情。

宁静的街道，一石一木都有着时间的痕迹，在桥上静听流水悠长，远处似有马帮的阵阵蹄声，每一声都带着故事……楠柯突然觉得这个世界很大，而自己的悲伤很小，那一刻，她莫名就释怀了。

小镇的市集在朝霞中鸣锣开市，楠柯陪父母从街头逛到了街尾，看到很多复古的小玩意儿，琳琅满目，城市里见不到的花糕点心也带着香味扑面而来，母亲高兴地一件件询着价，连古板的父亲也好奇又欣喜地和老板攀谈起来了……

午后，楠柯安静地在古戏台前晒着太阳，她人生中这样静谧的时刻并不多见，作为时间的逆行者，她终于看到了自己的理想生活。等一切结束，她想再回到这里，陪着父母，把亏欠他们的都补回来。

离开的时间到了，楠柯很感激这里给予她的宁静，带着一些执念，她又回到了自己的轨迹上。

休完假的楠柯开始忙碌起来，今年学校又给她加了一个班的课时，每天下了班还要留在学校备课。与此同时男人也很忙碌，经常应酬到深夜。

一天，男人疲惫地回到家，正在沙发上专注追剧的楠柯眼睛没有离开电视，只是随意地问道："饭还没做呢，要先吃个苹果吗？"男人神色凝重地说道："不用了，我不饿，我们谈谈吧。"楠柯说："好。"

今年的秋天来得真快，不知不觉间树上的叶子都掉了大半，残存的也已经变黄干枯，风一吹，摇摇曳曳，似乎在勉强维持着枝干的体面。可这种体面，维持得了吗？

男人最终还是提出了离婚，楠柯极力维持的体面终于被戳破了。和上一世一样，男人心虚、低沉、痛苦地一遍遍道歉，不一样的是楠柯，这次她没有歇斯底里，没有苦苦哀求，没有咒骂厮打。她只是默默地帮男人收拾了皮箱，安静地送男人出了门，然后回到沙发上，继续吃着苹果追着剧，眼泪悄悄地滑进嘴里，酸酸涩涩的。

……

一个人的日子里，楠柯把生活安排得很满，陪父母吃饭、散步，和朋友聚会、旅行，还参加了一个义工组织，照顾失独老人，每一分钟都不想浪费。

她偶尔也会想起他，但那仿佛是很久之前的事了。人的记忆就像是一座城市，时间腐蚀着一切建筑，最终将楼房和街道全部沙化，不管曾经多么刻骨铭心的人和事，最后总要被吞噬。

三个月后，楠柯去医院帮母亲取化验单，转身遇到了男人，四目相对，竟有一丝尴尬。男人有些慌乱，半晌，鼓起勇气说道："好久不见。"

楠柯笑了："我们什么时候变成需要寒暄的关系了。"

男人手里拿着药，不知所措，叹了口气说道："对不起……你怎么在这儿，没事吧？"

楠柯："我没事，取化验单而已。倒是你，怎么还开了药，还好吧？"

男人眼神闪躲，低头说道："我没事，帮别人拿的药。"

楠柯："是她吧？"

男人："嗯。"

那一刻，楠柯的心像被扎了一下，其实她早就适应了。她的心很早之前就长了一根刺，开心的时候扎一下，无聊的时候扎一下，睡觉的时候扎一下，到现在难过的时候扎一下……

楠柯沉默了一会儿，说道："这是我最后一次问你，跟我回家，好不好？"

男人："对不起。"

楠柯苦笑了一下，说道："我已经听你说过无数次'对不起'了，不过没事，这次我可以回答你，没关系。"

那天晚上，楠柯开着车漫无目的地疾驰，良久，在一个路口停了下来。

夜色弥漫，她看着道路两旁高楼林立，树影斑驳……这个似曾相识的地方，写满了讽刺。是的，上一世，男人就是为了躲着她，带着情妇搬到了这里。

楠柯收起思绪，有些凄凉地笑了笑。

那么多美满的家庭，却没有一个是她的，身后万家灯火，却没有一盏是为她点亮的……她看着窗边灯影下忙碌着饭菜的两个人，她知道他们有多幸福，她遥望着幸福，却无法得到。凭什么？

……

之后的半年，他们再无联系。直到一天早上，她接到了一个电话，是男人的朋友打来的，楠柯面无表情地听完了对方的话，只说了一句"好，我知道了"，便挂了。

她转身看了眼电子日历，默念道：嗯，是到日子了啊。

这一天，楠柯和学校请了假，化了精致的妆容，买了鲜花和水果，来到医院。满满的都是她熟悉的消毒水味儿，熟悉的仪器滴答声，熟悉的金属碰撞声……灰暗的墙面依旧充满了死亡的孤寂。从前在里面躺了那么久，现在以探病者的身份进来，感觉还不赖。

男人的朋友在门口等她，表情凝重地告诉她，男人情况很不好,现在想见她。是的,白血病晚期,救不回来了。

此时,床上躺着的男人正在输营养液,整个人瘦骨嶙峋,头发掉得所剩无几。因为腹部淋巴结肿大,疼痛难忍,需要定期打吗啡,精神状态也不太好。看到楠柯来了,他还是勉强牵动嘴角,想要说什么,可嘶哑的喉咙一个字也说不清。

楠柯看着他,灿烂地笑了笑,仿佛从前的一切都没有发生过一样。她把花摆好,帮他整理了一下被褥,又给他打开了一盒牛奶,说道:"生病了就要好好休息,医院的牛奶不能热,将就喝吧,一会儿我帮你洗个毛巾擦擦脸吧……"男人安静地看着楠柯唠叨,眼眶莫名地红了,仿佛又回到了两个人在一起的日子。他努力地抬起手想去拉她,她却假装无意地躲开了。

两个人都默契地没提起那个女人,他不提,是因为他不想;她不提,是因为她知道。

楠柯像所有贤惠的妻子一样坐在病床前帮男人削苹果,果肉中清新的味道一点点散发出来,她眼睛紧紧盯着刀锋,自顾自地说道:"你知道我为什么喜欢吃苹果吗?因为我是一个化学老师啊,我知道苹果籽中含有氰苷,氰苷水解后可以得到氢氰酸,而氢氰酸是一种剧毒呢。可惜一个苹果的籽只能提取出几百微克的氢氰酸,量太小了,我只能一点点积累……记得我去云南那次,你在机场答应过我什么吗?呵呵,你答应过我要在家好好等我回来,可是你没有,我走了半个月,这半个月你都没有回来过，客厅的花都枯死了，换洗的衬衫没动过，我放在冰箱里的苹果也一个都没少……所以，从云南回来之后，我每晚都在学校的实验室里提取氢氰酸，你想想你每晚喝的牛奶里有什么……我有段时间没给你放，我想再给你一次机会，可是你没给我机会，头晕恶心的感觉不好受吧……"

此时的男人脊背发凉，震惊地看着眼前这个他似乎从没认识过的妻子，陌生与恐惧油然而生。

楠柯却并不在意，她微笑着将削好的苹果递给男人，又马上像想起什么似的收了回来，不以为意地说道："不好意思，我忘了你现在吞咽很费力，应该已经吃不了苹果了。消化系统也坏得差不多了吧，白血病晚期，脏器的损害已经不可逆了。你是怎么得的呢？让我猜猜看……客厅里那一墙的向日葵好看吗？粉色的卧室好看吗？都是她喜欢的吧。小三啊，就是喜欢搞这些花样……我也很不容易的，那样艳丽的涂料很难找呢，毕竟苯超标了那么多倍，你从没想过你们租的房子是我的吧？呵呵……她现在怎么样？还好吗？她住进去的时间比你早，发病应该也比你早，她在哪儿呢？在你隔壁还是人已经先去了？不过都没关系了，每个人都该为自己的行为负责，你也是。在婚姻里谁先打破契约，谁就不得安宁，这很公平……在医院里见面那次，我想让你跟我回家的，可你没有，是你没给自己机会，你不能怪我。"

原本因为药物作用造成的昏昏欲睡与精神恍惚，此时全都消失不见了，男人已经紧绷的神经因为楠柯后来的话，变得仿佛马上就要崩断一样。他不可置信地望着楠柯，不知道楠柯骨子里本就是一个魔鬼，还是自己把她逼成了一个魔鬼。

……

楠柯温柔地帮男人梳理着头发，阳光透过窗户，静静地洒在两个人的身上，使他们都闪着金灿灿的光。在外人看来，那似乎是病房里最温暖的时光。

楠柯："你现在的身体状态，已经接受不了手术了，白血病晚期，好不了了。我们之间，两清了……可为什么叫我来呢？因为很害怕独自面对死亡？因为想念？因为人生最后的一刻，想有爱自己的人陪在身边？可我那时也很怕啊……我生命终结时，没等到你，但你生命终结时，我来了，这是我对你最后的温柔吧。"

泪水默默地从楠柯的脸颊滑落，她还是温柔地微笑着，一边握着男人的手，一边轻轻地抚摸着男人的额头。此时的男人已经从惊恐中恢复过来了，他看着楠柯的眉眼，仿佛又看到了她恋爱时的样子，那个喜欢撒娇又有些矫情的小姑娘，那时真好啊……于是，他用尽最后的力气，虚弱地说："对不起，辜负了你。"

然后，他神态安详地离开了这个世界。

参加葬礼的时候，很多回忆涌上心头，楠柯想起了上辈子她是怎么将那两个人堵在出租屋里的……那个女人又是怎么从男人的包里翻出自己甲状腺癌初期的体检报告，然后又藏了起来，以至于自己错过了最佳的治疗机会……还想起了男人最后的道歉……

她真的放下了，对这个世界也再没有执念了，她抚摸着男人的墓碑，说道："我们不亏不欠了，有来生的话，就别再纠缠了吧。"

夕阳的光，金灿灿、亮闪闪的，像是拼尽了全力用光辉照耀楠柯，那是人间对她的弥补吧……

突然间，风起云涌，天旋地转，那属于太阳的橘色，变成了白色，亮到刺眼，吞噬了一切，也带走了一切。

4

楠柯还在属于她的抢救室，明知无望，年轻的医生依然在拼尽全力地抢救她，小护士在床头大声呼喊她的名字，希望她恢复意识，可是她还是离开了。屋里哭声一片。

这时，指针停留在十点零六……

此时，我看到秦幕眼神中的悲伤已经不再浓郁了，更多的是释然。

……

回到车里,秦幕异常疲惫,纤细修长的手指夹了根烟,前额的头发凌乱地遮住了他的桃花眼。路旁的树影在摇曳,周围缭绕的烟云淡薄地笼上了他俊美的脸。

"你刚才做了什么?"我问道。

秦幕吐了一口烟圈,眼睛看着前方,自顾自地说道:"人在临床死亡后,身体细胞还能存活大约六分钟,直到生物学死亡到来,死亡的过程才真正终结。"

"所以呢?你用这最后六分钟做了什么?你给她催眠了?这不合规矩!"我有些急促地说道。

秦幕挑了一下眉,看着我,收起了惯有的漫不经心,严肃地说道:"我确实利用了最后几分钟,让她看着我的表,跟着我的节奏,对她进行了催眠,那又怎么样?生命不应该以这样潦草的方式结束,所以,江子,别跟我讲规矩,很多时候我们都没法按规矩做事的。"

……

或许秦幕是对的吧,这个世界并没有善待楠柯,她一直活在自我的地狱里,最后只能由他为她创造出一个虚化的天堂,只有在那里,她才有复仇的机会。

If this is a dream, the whole world is inside it.(如果这是一个梦,那么整个世界都在其中。)

问　米

谁最会欺骗自己，谁就能过得最快活。

——陀思妥耶夫斯基《罪与罚》

人性皆有瑕疵，那是不能言说的秘密。

1

城郊，屠宰场。

阴森冰冷的冷库内，仅有一点儿微弱的灯光，还未将四周照亮，便被黑暗吞噬了。

"吱——"金属摩擦发出刺耳的长鸣，那是滑轨牵动着肉钩向前推进的声音。几百个尖锐的钩子，每一个上面都挂着一头被开膛破肚的猪，在昏暗的灯光下，泛着白嫩油腻的肉色。

周围弥漫着生肉的腐败味儿,引得瑟缩在角落里的年轻女人几欲作呕。她不明白自己为什么在这里,只觉得头昏脑涨,周围寒气逼人。她几番想找到门离开,可折腾了一通发现了一个可怕的事实——这里居然没有门,棚上地下连入口都没有。

女人陷入绝望,又惊又怕,浑身不可抑制地抖动着……身侧就是整齐划一、缓缓前移的猪尸队伍。它们脂肪洁白,肌肉有红色的光泽,没有褐色凝固的血迹,证明被杀的时候没有过多地挣扎,血液被放得很干净。

它们依次向女人靠近又离开,每一头都体态相近,肥瘦相似,只有一头……锋利的钩子穿过它的脖颈,肉质收缩僵硬,舌头完全从嘴巴里伸出来,眼睛瞪得巨大,突兀的眼球空洞地望向前方……那一刻,女人心底的恐惧彻底爆发出来,因为它,就是她。

是的,那并不是猪,而是人,是她自己。

一声尖叫打破了午夜的静谧,女人从床上惊坐起来,又是同一个梦魇。

2

灯火渐起,我和多年未见的老同学坐在江岸边吹着风。远处天空中一轮明月,在黑暗中渐渐升起,带着一份不染尘埃的清高。

"江子，你知道吗？我并不喜欢月亮，因为它总是提醒着身处下面的我有多卑微与肮脏，仿佛一切本该如此，我只配挤在狭小阴暗的出租屋里，无休止地为明天的生计焦虑不安……

"我从村子里走出来，每一步都使出了全力，我比任何人都明白贫穷的可怕……小时候有一次和我爸去镇上亲戚家吃饭，回来的时候看到路边有一个圆滚滚的苹果，他很高兴地跑过去捡起来，却发现下面已经烂了，最后只好垂头丧气地扔了。我现在还记得他那个眼神，有些失望，有些落寞，现在回想起来还会很揪心。

"后来我拼了命地考上了大学，可却从不敢和你们一起出去玩，商场里那些明亮的灯光，甜腻的香氛，漂亮的衣服，都会让我局促不安。我也不敢和你们一起吃饭，因为我怕你们会借故减肥，小心翼翼地把菜都夹到我碗里，不平等的善意有时比恶意还让人难过。我更怕跟别人说话，在各种社团、交友软件丰富的校园里，我却用了很长时间才学会怎样伪装淡定地和别人聊天……最好的年纪，从来没有好的事情发生，你说为什么我活得这么艰难？"

眼前这个落寞的女人，自顾自地说着自己的往事，月光下的她，有种淡然的美。我们一起经历了漫长的大学四年，我见证过她的自卑内敛，也明白她的不容易。那么努力的姑娘，命运却待她如尘埃一样，风一吹，连痕迹都没有。可她仍旧满怀希望与善意，在被驱散之前，想尽办法在阳光的照射下，留点儿自己的影子。这就是白遐，比任何人都努力的白遐。

"你已经做得很好了，那些日子都过去了，我们总要迎接新的开始，不是吗？"

"新的开始？我以为步入工作岗位的那一刻便是新的开始，可我拼尽全力换来的是什么呢？是漫不经心的轻蔑嘲讽，是卑劣龌龊的打压手段。后来好不容易爬到了高层，又得到了更为猛烈的诋毁与污蔑……呵，你看，规则是不会允许底层人轻易爬上来的……后来我遇到了他，我以为这一次真的可以迎接新的开始了，我以为上天对我还是眷顾的，可惜并没有。他的出现只是告诉我幸福是什么，然后他就离开了，也带走了我对抗生活的全部勇气……"

……

那天晚上，我们聊了很多，我从没想过几年没见，她在另一个城市遭遇了这么多刁难和变故。从拮据无助的生活中摆脱出来，遇到了温柔且爱她的丈夫，生活刚刚渐入佳境，却没想到又遭重创。

她的丈夫我见过几次，人很有能力，很爱她，也很顾家，可惜一切幸福都终结在一个雨夜。那天晚上，她丈夫开的雅阁，和对向行驶的一辆大挂车相撞，刺耳的刹车声、巨大的惯性和冲击力，让一切支离破碎。伴随着金属摩擦与骨骼破碎的声音，血液喷涌而出……等人们赶到时，看到的是雅阁的前半截已经完全嵌入大挂车里，交警和法医用了三个小时才将尸体一点点清理出来……那一刻，她的灵魂都被掏空了。

努力了多年才触碰到的幸福，原来只是虚晃一枪，那时的白遐浑浑噩噩，生不如死。

两个月后，所有的后事都办理妥当了，她的精神状态也稳定了一些。可是就在这个时候，她却接到律师的通知，原来她老公在出事前将名下的一套房子过户给了另一个女人。

刚遭遇了男人肉体上的离开，又发现早已遭到了他精神上的背叛，白遐想不明白，明明两个人这么相爱，为什么这个男人却会背叛她。一时间不甘、怨愤、痛苦交织在一起，她彻底病倒了，开始整夜整夜睡不着觉，头发大把大把地掉，到了后期还出现了幻听。

意识到问题的严重性，几天后，我帮她预约了秦幕。

晚上七点，白遐到了，看着她紧张不安的样子，我安抚地握了握她的手，告诉她我会和她一起进去。

这时，秦幕已换上白色制服，戴上无框眼镜，衣冠楚楚地走了过来，告诉我今天不用进去记录了。镜片遮住了他的目光，不知道为什么我有点儿心慌。

将忐忑的白遐送进了诊疗室，我一个人坐在外厅的沙发上等她。时间过得很快，一个小时过去了，他们还没出来。我望着诊疗室的门发呆，往事一幕幕不断在我的脑海里回放……为什么会走到今天这一步？她明明比任何人都坚定勇敢，可上天却偏执地给了她一条如此坎坷的路。

……

门,终于打开了,白遐有些疲惫地走了出来,看到我眼神闪烁,她声音颤抖地问:"你会帮我的,对吗?"

我坚定地告诉她我一定会陪着她,然后帮她叫了辆车送她离开。

白遐走后,我问秦幕为什么我不能参与诊疗过程,他告诉我,因为我和患者认识,这会在谈话中对她造成压力。我有些不甘心地又问他,刚才在里面聊了些什么。

秦幕摆弄着手机,并不看我,语气轻松地说道:"她想去跟她死去的老公问个明白。"

"啊,那然后呢?"我急切地问道。

秦幕:"我说可以。"

一股热血直冲脑门儿,我火冒三丈,怒声吼道:"你是不是疯了?!"

秦幕抬起头,看着我,一瞬间又换上了严肃正经的神色,语气坚定地说道:"那是她的心魔,必须得破。"

3

几天后,白遐约我在一家咖啡馆见面。她递给我一张名片,说是秦幕给她的,我看名片上写着"陈力"两个字,身份是导游。

白遐:"江子,陪我去趟泰国吧,我想散散心。"

望着眼前这个被疑问、怨怼、思念、不甘、痛苦裹挟进深渊的女人,我无力拒绝。

六月的芭堤雅,不算太热,但十分潮湿。

芭堤雅海滨有长达十几公里的海滩,地处曼谷湾的西岸,白沙遍地,海水纯净透明、清澈见底,十分美好。距离海滩远一些的地方,在被美国大兵开发之后,一扫往日的荒凉,满眼的光怪陆离,纸醉金迷。

我们坐在简陋的露天小酒吧里喝着啤酒,大约半个小时之后那个叫陈力的导游终于出现了,一个二十几岁的年轻小伙子,中国人,皮肤黝黑。他很热情地和我们打了招呼,寒暄了几句后,便带着我们上了一辆改装后的皮卡。

我以为我们要去哪个人山人海的网红景区,结果皮卡载着我们来到了一个破旧的院子前。院子被遮天蔽日的大树覆盖着,四周有四尊我不认识的神像,下面还有神龛。院里一片清静,一个人也没有,我疑惑地问这是哪儿。陈力皱了下眉头,没回答。白遐望着眼前幽深的门庭,淡淡地说了一句:"你知道'问米'吗?"

我心中一惊,急促地拉着她说:"亲爱的,何必呢?他已经死了,对或错并不重要了。秦医生那天脑子不清醒,不管怎样,这里都给不了你答案。"

白遝忽然目光犀利起来,她紧紧地抓着我的手,义正词严地说道:"你怎么知道给不了?江子,我不想带着疑问活着!他为什么这样对我?我们明明那么相爱,我不甘心,不甘心啊!"

我知道,我拒绝不了她,或许答案的真假并不重要,重要的是能破了她的执念。

陈力嘱咐了我们要注意的事情,并告诉我们,当地做"问米"的都是已经绝经的女人,叫作"问米婆",而这个"问米者"却是个男人,所以大家都叫他"米叔"。米叔是当地生意最好的,所以一定要提前一周预约,因为他不仅功力高强,还会一点儿汉语。

我们走进了黑暗逼仄的屋子,屋内除了简单的几个桌椅板凳,最醒目的就是桌子上供奉的佛牌,佛牌下面摆着琳琅满目的供品,两侧挂着泰国著名的鸡蛋花,四周萦绕着呛人的熏香。

昏暗的光线下,米叔终于出现了,他个子不高,微胖,五十岁左右,方脸,脸上有零星的麻子,眼睛不大,却很犀利。在用泰语和陈力交谈了几句后,米叔便安排我们坐了下来。

一张年代久远的木质桌子上,摆着一碗满满的米,米叔拿着一根筷子,不断地敲打着桌面,嘴里念叨着我听不懂的话。我突然觉得挺可笑:我为什么要坐在这里?秦幕就由着白遝胡闹吗?唉。这时我包里的电话响了,是一个香港的朋友,问我在干吗,我压低声音用粤语告诉他,"我在拜访神棍呢,一会儿再跟你说",便匆匆挂了电话。

折腾了一会儿,米叔用蹩脚的汉语询问白遐:"中国人?"白遐点了点头。筷子越敲越快,不一会儿就听到米叔口中不断地念叨着:"米已成梁,沟通阴阳……"

接着第一把米撒了下去,他开始询问白遐一些情况。我感觉他也就是刚才那句话念得比较顺,其他中文句子都不大会说,沟通起来特别费劲,幸好陈力在身边。

第二把米撒下去的时候,我收起了我的漫不经心,莫名地有点儿脊背发凉。

等到第三把米撒完了,米叔的脸开始一下一下地抽搐。突然间他瘫在了桌子上,接着又慢悠悠地坐了起来,陈力告诉我们,她老公来了,我心中大惊。

此时的米叔缓缓抬起头,看了看四周,留恋且疑惑地望着白遐,良久,终于开口说道:"你不该来找我的。"

一瞬间让我浑身战栗,因为这真的是她老公的声音,或许这是我此生经历过的最惊悚的事了。

白遐一时间情绪失控,泪水横流,恸哭道:"为什么?你就这样走了,我怎么办……你真的背叛我了吗?"

米叔的右手食指和中指互相摩擦着,我知道,白遐老公生前戒烟时就是这个样子。他沉默了一会儿说:"我和她在一起其实也没多久,但是我没想到她会怀孕,就给了她一套房子,想了结这件事。其实也没什么,给你的不是更多吗?加上我的保险,你得到四百万吧?"

白遐:"你以为我放不下的是钱吗?我们之间五年的感情,在你眼里就那么无关紧要吗?"

米叔:"如果我们之间的感情不重要,我又怎么会死得那么冤枉?但是算了,有了钱就做点儿高兴的事情吧,你从前不是很想开一家书店吗?这笔钱应该足够了。好好活着,别再想从前了,对或错都过去了,好了,我要走了,这个地方太冷了……"

白遐:"不,别走!"

此时,白遐早已泪流满面……米叔精疲力竭地清醒过来,告诉我们这个柱死鬼一开始并不想上来,是他硬拉过来的。

白遐的情绪很久才平复下来,然后木讷地掏出大把的泰铢交给米叔,又给了陈力很多小费。

一切结束后,我陪着浑浑噩噩的白遐回到了酒店,我并不是一个好的旁观者,因为我不会安慰人,也疲于附和。于是,我安排她上床休息后,便转身出门去买晚饭。

芭堤雅的夜晚非常热闹,人们尽情地欢闹着,音乐和啤酒肆意地撩拨着人们的神经。我坐在沙滩上,努力回想着今天发生的一幕幕,不知道为什么,总觉得哪里有问题。就在我一头雾水的时候,看到了过来买椰子的陈力,他一边掏钱一边打电话,我刚想打招呼,就听见他对着电话用粤语说:"今天真是辛苦了,都回酒店了,非常妥当。"

一瞬间,我好像明白了。我以最快的速度找了一辆皮卡,让司机带我去找米叔。

车很快就把我带回了那个破旧的院子,米叔看到我有些意外,但并没说什么,就让我进了屋子。

我有些急促地质问他:"你是怎么做到的?别装了,我知道你是香港人。"

他不以为意地笑了:"说说看,你知道些什么?"

我:"我接电话时说的是粤语,声音很小,你居然听到了,重要的是你听懂了,因为我说到'神棍'这个词的时候,我分明感觉到你瞪了我一眼,以你表现出来的中文水平,根本不应该这样。当时我就该怀疑的,可我不明白你是怎么知道她老公的那些事的。"

他:"你很聪明。这个对我来说并不难啊,我在香港做了很多年私家侦探,可是赚得并不多,而且有些客户知道真相之后往往还会埋怨我们的'直白',很可笑,对吧?人们往往不愿意接受事情本来的面目,所以他们拜鬼求神,祈求鬼神告诉他们那些他们想要听到的答案,于是,我满足了他们。对此,他们不仅深信不疑,还会回馈我大把的钞票。当然,作为辅助手段,我还学了口技,然后告诉每一个客户要提前一周预约,方便我搜集资料。"

我十分恼火:"你这里满屋子的神像,香火从不间断,可见你心中还是敬畏鬼神的,可你却在利用它们做骗人的勾当,你不害怕吗?就算你不信这些,那就可以肆无忌惮地去骗人了吗?你能心安理得吗?"

他:"呵呵,你知道我为什么生意这么好吗?因为我在不揭穿客户的同时,总能给予对方最圆满的答案。就像你的朋友,我已经暗示死者没有怨恨,也还爱她,想来她也能安心了。还有,别以为你的朋友是什么好人,她为了做业绩陪过领导……她婚后三个月就出轨了,她的老公为了报复她,睡了另一个女人,可还是舍不得离婚……那个雨夜,他收到消息,说他老婆又和那个男人见面了,他一时激动才出了车祸。不然你真的以为只是因为下雨视线模糊,他就会开到对面车道吗?别以为我骗了她的钱,这些消息可不是仅用电脑就能查到的,照片、视频我都有,我的线人也奔波了好久呢。还有,别试图揭穿我,在这个地方,你动不了我。"

那一天,我不知道自己是怎么回到酒店的,只觉得心底发凉,头皮发麻。

白遐还是有些精神恍惚,我很想问她米叔说的是不是真的,但最后还是放弃了。或许秦幕说得对,人性都是有瑕疵的,那是不可言说的秘密。

"江子,我们回去吧,我不喜欢这个地方。"

"好。"

回国后,我第一时间跑去质问秦幕,质问他是不是早就知道白遐背后做的一切。

秦幕望着我,目光有些凌厉:"你以为我是算命的?我并不知道具体发生了什么,但是她告诉过我一个梦魇,一个关于屠宰场的梦魇,有些荒诞,困扰了她很多年。这个梦魇其实特别简单,表达的只有四个字'任人宰割'。如你所说,她的人生并不顺利。儿时贫穷,上学时就要兼顾生计,好不容易工作了又处处被人打压,她被命运反复羞辱,却毫无还手之力,所以便诞生了这个梦魇。哪怕在她平步青云之后,这个梦魇都没有消失,你知道为什么吗?因为梦境所代表的意义从没消失过,她依旧任人宰割,但这次不是身边的同事了,而是高层。她是牺牲了某些东西才爬上去的,我猜,她应该是用身体和某位或者某些高层置换了利益,因为在梦境中,被肉钩吊起的她没有穿衣服……很多时候突破阶层,不仅需要努力,更需要天分和运气。坦白说,她看上去并不像有天分和运气的样子,所以她出卖了自己。后来,就像陈力查到的那样,这件事被她老公发现了,她老公很痛苦,并在一次酒后出轨了,那个女人还怀孕了。事后他非常后悔,便用一套房子斩断了和那个女人的关系。

"白遐心中先有屈辱,她牺牲了尊严去换取自己想要的东西;后有不甘,不甘心这么爱自己的丈夫会出轨……所以,她病了,可她从未想过将这段美好的婚姻变成笑话的罪魁祸首,其实是她自己……很多时候,真相是无法摊开来说的,所以我只能用我的方式逼她去面对，哪怕这个方式不能见光。"

"可是，你为什么不一开始就告诉我白遐有问题，我那么信任她……你始终保持着上帝视角，俯瞰着我们这些人笨拙疲惫地活着！看到我愚蠢地在你身边打转儿，很有趣是吗？我讨厌你这副永远清醒理智的样子！"委屈、愤怒一时冲上了脑门儿，我不可遏制地激动了起来，转身欲走，秦幕拉着我的手臂，眉头微皱，语气急促地说道："江沚，这些年你活得太容易了，我努力想让你看清这个世界，它远没你想象的那么真诚，不然白遐在看到她老公被'化整为零'地还回来时就该疯掉……可是，我又怕你对这个世界失望……"

……

那天，我们争执了很久，离开之前秦幕告诉我，这个世界不是不好，它只是容纳得太多了，我们听到的都是带着主观色彩的观点，我们看到的也只是事实的一个视角，而这些，都不是真相。

那么，什么又是真相呢？

4

暴雨倾盆，电闪雷鸣。

一辆白色的雅阁，如离弦的箭疾驰在雨水弥漫的公路上。

驾驶室里坐着一个三十几岁的男人，满脸泪水，情绪激动。

车内的音乐声很大，是他结婚典礼时放过的《爱情》，他这辈子的爱都给了妻子，可妻子的爱却全部倾注在前途上。她那么偏执，那么执迷不悟，物质不仅是她追逐的目标，更是她的信仰。为此，她付出了一切，也背叛了一切。他明知道她是什么样的人，可还是喜欢她，还是放不下她，到底是谁更偏执呢？

微信的提示音越来越急促，手机屏幕弹出的图片也越来越多，那些露骨的照片、暧昧的聊天截屏，以及挥汗如雨的视频内容不间断地发过来，男人终于崩溃了，他想逃离这肮脏的一切，脚下的油门不自觉地越踩越狠……几分钟后，对方发来了最后一条信息，是一个聊天截图：妻子问情夫，你会为我离婚吗？情夫说如果你能我就能，妻子说好。冰冷的屏幕上显示着发件人——楠柯。

那一刻，男人突然很轻松地笑了，那是他的劫，解脱不了。

伴随着对面大挂车急切的喇叭声，男人把油门踩到底，义无反顾般地迎了上去。"砰——"雅阁的下半截钻进了对方的车底，上半截与大挂车的车头融为一体。

生而为人,我很抱歉

不能在阳光下呈现的心理,最后就会躲入阴影中,但它不会消失,而是会以我们不能控制的破坏性的方式出现。

——荣格

1

一瞬间,你被冰冷刺骨的海水淹没,大量的水涌入你的呼吸道和肺部。窒息的痛苦让你几乎不能承受,喉头痉挛,眼球突出,体内的一切脏器都在叫嚣,在经历了漫长的绝望后,你终于死了。然而几分钟后,你却复活了,迎接你的,是新一轮海水灌鼻的窒息之苦……就这样,在幽深黑暗的海底,你经历着一遍遍溺亡,一遍遍复活,无尽头的循环,生不如死。

2

一张普通的 A4 纸上，涂鸦了一幅诡异的画。

画上的小男孩儿五岁左右，手脚被铁链死死困住，眼睛瞪大，嘴巴张开，似乎在呼救。此外，更令人费解的是，男孩儿的头上画了一只异常凶猛的巨大甲虫，脚下模模糊糊地勾勒了一个"8"，画面十分瘆人。

秦幕对着这幅画已经整整一个小时了，他表情专注，桃花眼微微眯着，食指轻轻地敲打着桌面，始终没有结论。

我帮他倒了一杯咖啡，然后凑过去看着这幅画，也觉得棘手得很。画这幅画的患者是一个十五岁的女孩儿，叫尚晓暖，抑郁失语症，发病到现在已经半个多月没说过话了。上次是她爸爸带她过来面诊的，秦幕给她进行了催眠，可是催眠后她的反应太剧烈了，只能叫停。最后，她画了这幅有些瘆人的画。可以说，关于她的治疗并不顺利。

我们分析了她的家庭环境，她有个弟弟，已经十二岁了。附近的邻居和来往的亲戚里也没有画中这么小的男孩儿，那她画的是谁呢？

我看了一眼秦幕，揶揄道："秦医生也有解决不了的麻烦呀！患者下午就到了，在充分了解病因前，要不要帮你推迟呀，或者你先开点儿治标不治本的药……"我边说边转身,不小心碰到了桌子上的笔,笔掉在地上。秦幕没理我,弯腰去捡,突然他抬起头愣了一下,几秒钟后站起身看着我,狡黠地笑道:"记住,秦医生从不随便开药,还有,在我这儿,没有解决不了的麻烦。"

我有点儿诧异,这就想明白了?

下午一点,女孩儿准时和父亲过来了,她依旧眼神闪躲,整个人怯怯的。我刚带她到诊疗室坐下,秦幕便借机凑到我耳边说:"去观察她父亲,二十分钟后再进来。"

我心下了然,关上门退了出来,来到外厅的前台,边整理资料边观察着对面沙发上的中年男人。他大概五十几岁,微胖,衣冠笔挺,皮鞋打理得也很干净,戴着黑边眼镜,手表是国产品牌,几年前的款式,但也不便宜,浑身上下都透着低调的体面。他微微皱着眉头,表情有些焦急,我帮他倒水时,他会礼貌地跟我道谢。

二十分钟后,我回到诊疗室,和秦幕耳语了几句,便退到旁边的桌前准备记录工作。

不知道秦幕和女孩儿说了什么,此时的女孩儿,已经从最初的神情呆滞,到现在有了一些反应……她两只手搓着衣角,脚尖紧紧地并在一起,头快要埋进胸口了,舒服宽大的沙发,却让她如坐针毡。她时不时往我们这边瞥，我知道她有些犹豫了。

精致的弧形鱼缸，在阳光的照射下，泛着透明的光，一尾金鱼在优哉游哉地晃荡着，完全没察觉秦幕想要做什么野蛮的举动。

秦幕优雅地抚摸着鱼缸，问女孩儿："晓暖，这鱼缸好看吗？"女孩儿没回答，只是更加紧张地张望着……

突然，他不知道从哪儿变出来一只鸟……他轻握着小鸟的身体在水面上晃荡着，小鸟吓得极力挣扎起来，叫声越来越大……女孩儿的眼神不再躲闪，视线开始聚焦，双手握紧了拳头，表情有些惊恐，也有些愤怒，她在努力控制自己的情绪。

秦幕并不看她，修长的手指依旧没有放开鸟的身体，他表情冷漠，云淡风轻地缓缓开口："你看这只鸟，羽毛都在颤抖，它明明那么害怕，可是连开口啄我的勇气都没有，很可笑，对不对？……如果是你，你会反抗吗？……"说完，鸟便被浸入水中，翅膀不停地在扑腾，很快就没了力气。女孩儿惊呆了，眼泪默默地流出来，她张开嘴巴想发声，可是失败了……

接着秦幕把惊魂未定的鸟提了起来，望着它，淡漠地说道："这点儿求生欲可不行啊。"随后又准备把鸟放进水里……这时，女孩儿的情绪终于崩溃了，那双原本木然胆怯的双眼突然涌现出无数情绪，热泪盈眶，接着她用沙哑的声音喊道："救它……救救它……"

听到女孩儿说话的一瞬间，我看到秦幕暗暗松了一口气，我知道他赌赢了。

秦幕将鸟捞了出来，用毛巾轻轻包裹起来，放在阳光下暖着……几分钟后，他走近女孩儿，目光坚定地说："我能救它，也能救你！"

回应他的是女孩儿的恸哭流涕……

"画上的小男孩儿，不是你的弟弟，也不是你的玩伴，而是童年时的你自己。如果我没猜错，你是被当作男孩子养大的，头发被迫剪短，穿深色的衣裤，没有漂亮的裙子……'你'嘴角旁有气泡，说明'你'在水里，可我问过你的父母，你并没有溺水的经历。我的理解是水代表压力，它们从四面八方涌向你，你发不了声，还有手脚上的锁链，这些代表你被困住了，且无能为力……还有'你'的眼神惊恐，嘴巴张开，似乎在求生，其实是在求死，但求死又做不到，因为'你'头上那只样子有些奇怪的甲虫，其实是圣甲虫，在埃及文化里代表的是永生不灭。

"我一直不明白那个'8'代表的是什么意思，直到后来我无意中从侧面看，发现这个'8'的起笔并不在上端，而是在中间的位置，所以，这根本不是'8'，而是一个无限符号'∞'，这幅画其实应该横着看……'你'在深水里，死即复生，无限轮回，说明了什么？说明'你'一直身处无间地狱，感受着循环的死亡过程，时间停在了那一刻。我不明白你到底经历了什么，让你有这样恐怖的体验，但如果你愿意，我能帮你。"

……

女孩儿经过漫长的痛哭，终于停了下来，她一字一顿地说："你要怎么帮？我从出生开始，就是一个错误的存在，你能怎么帮？"

秦幕："通常年纪小一些的患者都是由母亲陪同前来的，但是你来了两次都是父亲陪同的，我想你们母女之间的关系应该不算融洽，现在想来恐怕是淡薄多一些。还有你的父亲，我让助理去观察过，二十分钟内，他看了三次表，但是一次都没有看诊疗室的门，说明和你的情况相比，他更关心自己什么时候能离开这里……如果我说得太直白了，那么不好意思，我想你可能听了太多安慰的话，事实证明，它们并不比实话有用……同时，你的整幅画人物占比很小，胳膊很细，手指轮廓不明显，说明你的内在力量不足，没有自信。另外人物的肩膀也是倾斜的，代表你的内心比较封闭，整个人比较悲观。以上种种局面的形成，与生活环境脱不了关系，如果你愿意说出来，我会帮助你说服你的父母，或许你可以重新选择一种更适合你的生活方式。"

女孩儿瘦小的身躯瑟缩地坐在那里，眼神充满了惶恐与疑问。她注视着秦幕，想在这个陌生的医生身上寻找足以抵抗自己这十五年不公命运的支点……良久，她终于努力地张开似乎被冰封住的嘴唇："大家都叫我晓暖，'暖'听起来像'爱'，多可笑，我的人生和这个字半点儿关系都没有。听奶奶说我妈在怀我的时候，得知是个女孩儿，就整天唉声叹气的，所以，才有这个'暖'字……讽刺吧？

"我从小便被藏在农村的奶奶家,因为那时不能生二胎,为了生儿子,他们对外宣称我夭折了。奶奶也非常重男轻女,时常抱怨妈妈生了个赔钱货,自己不养扔给她……我小时候的日子并不好过,穿的是亲戚家男孩子的旧衣服,他们说这样家里的下一胎就能是男孩儿;吃得最多的是白米饭拌酱油,因为奶奶说爸爸妈妈没有给她我的生活费……当然,米饭也不能白吃,要干很多活儿,比如帮她倒尿桶,帮她哄叔叔家的儿子,择菜洗菜,抱柴火……冬天的水真冷啊,柴火也很重……叔叔家的儿子比我大两岁,每天都要喝牛奶,有时候他喝完了还想喝,就告诉大人我偷喝了他的牛奶,然后我就会挨揍,奶奶会抡起扫把一下下打在我的肚子上、腿上,而他会得到一瓶新的牛奶……后来,有一次我实在不想忍了,便和他吵了起来,在他的叫骂中我得知,我生下来时,长辈们一致同意把我扔进井里,等我妈养好身体再生个儿子,后来我爸没忍心,留了我一条命,放在奶奶身边。往后的很多年,我做梦都是在很深很冷的水底……这是一个漫长的梦,直到现在我都没醒来。"

秦幕:"你是什么时候回到父母身边的?"

女孩儿:"我……我六岁那年回到他们身边,那时弟弟已经三岁了,政策也宽松了一些……他们换了新房子,两室一厅,主卧他们住,次卧是弟弟的房间,我爸在阳台给我支了一张床。本来我想睡沙发的,但是我妈说沙发是给客人坐的,总睡人会塌……家里有个放零食的柜子,是上锁的,每次妈妈打开给弟弟拿零食，都会把我支开……小学一年级的暑假，他们想去旅游，便把我送回奶奶家，后来我听弟弟奶声奶气地说，我走那天，爸妈带他去吃了肯德基，那是我盼望过无数次的地方……当时特别后悔没有晚一天走，后来想想，就算晚一天走我也不会吃上的。我就是在这样一个环境里长大的，其实父母没有打我，没有骂我，他们只是把我当成一个陌生人，他们只是不爱我……后来，我爸时不时地就会说我有多费钱，我给这个家庭造成了多大的压力。有一次我忍不住了，对他吼道：'是大米又涨价了，还是亲戚家给我的旧衣服要收费了，耽误给你儿子买玩具了是不是？！'那是我第一次那么大声地在这个家里说话，我爸愣了一下，等他反应过来，抬手就给了我一巴掌，那一巴掌打得真狠啊，我的两颗牙都被打得松动了，然后就是铺天盖地的漫骂。也是从那时起，我第一次感觉有点儿不对，当时我的嘴角已经流血了，脸肿了半个月才消，可以说很严重了，可是我居然没感觉到疼，反而对这种感觉产生了一种渴望。从那之后我便开始自残，用小刀在胳膊里侧划出深深浅浅的口子，看着冒出的血珠，隐约觉得舒服……还有，从那次以后我就时常觉得特别疲惫，连说话的力气都没有，后来索性就不说了……如果今天没有坐在这里，我想我已经快忘了怎么说话。"

秦幕："在缺爱的家庭环境下长大的孩子，自残是比较常见的，因为身体来自父母，所以伤害自己是潜意识中对父母报复的一种方式。然而，你的动机还夹杂了对疼痛的渴望，这已经是抑郁症的征兆了。其实很多孩子像你一样在痛苦中成长，但是心理创伤会随着时间治愈，你的症结之所以明显，是因为你还渴望爱。

"我喜欢森田疗法，我们没有必要回避或者彻底放下什么，很多时候，残缺也是人生的一部分，人没有必要和过去和解。所以，你没有必要选择原谅他们，或者强迫他们接纳你、爱你，不是所有问题都需要解决的，就像不能因为童年少喝了一口奶，成年之后就要拼命补上一样，爱也是如此。那些失散多年抱头痛哭的画面都只存在于影视剧里，很多事情错过了就是错过了。我希望你能跳出自己的角色，以另一个视角看待自己，试着想想：原来没有父母的爱是这样一种体验啊。

"其实，父母缘分也分深浅的，他们不爱你就像你暗恋的男孩儿不爱你一样，很正常，这并不是你的错。有的父母即使自知年轻时对孩子冷漠无情，年长时宁愿溺爱孙子，也不愿弥补从前伤害过的孩子，为什么？因为谁都想从头开始，因为过去太沉重，愧疚太沉重。

"这么多年积累的伤害不是轻易能抹平的，如果你愿意相信我，从下次开始我给你做催眠，带你从水底走出来，摆脱这个噩梦。"

女孩儿压抑在心底十几年的情绪一下子释放了出来，她号啕大哭，过往那些坏的和更坏的，仿佛被冲刷一新……许久之后，她终于平静下来，艰难地说道："谢谢你，真的谢谢你啊，周围的亲戚朋友都在说我任性，说我不懂事……作为姐姐不知道迁就弟弟,不知道感恩父母,弄得家里不安宁,最后还要休学……他们让我觉得,我像一个无理取闹的小丑……丑陋、无聊、多余……"

秦幕端起桌子上的水杯,摇晃了一下,语气温柔地说道:"你看这杯水,其实并不沉,但如果我一直举着它,半个小时后我的胳膊会酸,一个小时后我的手会抽筋儿……可你却举了那么多年,何况你所承受的可不仅是一杯水……"

女孩儿释怀后,擦去了眼泪,感激地离开了。

……

我缓缓呼出一口气,从口袋里拿出手机,按下了红色的挂断键……

将尚晓暖送出去的时候,门外那个体面的中年男人突然像老了十岁,头发不再一丝不苟,眼圈红红的,嘴唇轻颤,百感交集地看了我一眼,点了点头,然后有些笨拙地拉着女孩儿的手,说道:"我们回家吧。"

落日余晖下,一对父女,渐行渐远……有人说这世界的温柔是及时的善意,希望她的父亲还来得及给予她温柔。如果来不及也没关系吧,未来的路总要一个人走,这个可怜的小女孩儿只不过是提前上路了而已。

"你这么做,不合规矩。"秦幕不知道什么时候站到了我身后,目送着他们离开。

"你居然和别人谈规矩？"我不屑道，"那只鸟没事吧？有没有人说过，你有时候像个变态？"

"鸟类的身体比较轻，羽毛的浮力比较大，只要水温不太低，五分钟之内都不会被淹死的，那个鱼缸里的水是我加温过的，那只鸟现在已经飞走了……坦白说，这确实不妥当，但是却值得去试。人的一生并不长，她最好的时间都因为原生家庭牺牲了，现在终于长大了，还是让她放下包袱，轻装上路吧。所以，你刚才不应该那样做，因为她的父亲会内疚，继而去补偿她，让她感受到温暖、希望，但内疚却不等于爱，内疚的时间比爱要短暂太多了……一旦消失了，她很可能会被执念、妄念捆绑一辈子。"

"你为什么能这么笃定她的父母一辈子都不能爱她呢？父母也不是一开始就做父母的，难道他们就不能做错，就不能回头吗？你到底是过于理智，还是近乎悲观呢？你自以为将人性看得透彻，可却从未看到过人性的光芒，爱是会让不爱蒙羞的……她总有一天会明白，人间值得。"

……

这个可怜的女孩儿在童年时，就开始遭受旁人的不公对待，那些伤害像针一样扎进血肉，随着时间的推迟，它们一点儿一点儿化成骨骼里的自卑。在往后的日子里，在她成年之后，那些伤害或许会被原谅，他们或许也会达成和解，但心底的疤痕却永远不会愈合，每次想起都会隐隐作痛。

或许秦幕是对的,可我希望他是错的。

3

三个月后。

夜晚,女孩儿躺在床上,门外传来了父母的谈话声。

母亲:"晓暧睡了吗?"

父亲:"睡了。"

母亲:"叫儿子别打游戏了,出来喝汤,我炖了一只乳鸽给他补补。"

父亲:"你刚才怎么不说,叫晓暧一起喝?都说了,不能偏心。"

母亲:"最近鸽子贵,我就买了一只,过几天便宜了,我多买几只再炖嘛,真啰唆,快去,一会儿凉了。"

父亲嘟囔着:"知道了。"

……

女孩儿闭上眼睛,准备睡觉,拉了拉被子,突然感觉到脚底湿了,坐起来一看,发现门缝里涌入了大量的水,一瞬间就把房间淹没了,她甚至没来得及呼救,就沉入了水底。三十秒后,从口鼻流进了肺里的水像熔岩一样灼烧,她每一次试图呼救的举动,都会因咳嗽带来更严重的疼痛……而后,无限循环的溺毙与重生,又开始了。

第二章 关于救赎，关于人性

我要去攀我的山峰，蹚我的河流，渡我的深渊，才能回来认我的命。

爱 人

你没有如期归来／而这正是离别的意义

——北岛《白日梦》

1

周末的早晨,阳光早早地照进屋里。

一个中年女人正在厨房里准备早餐,刚熬好的粥冒着热气,女人拿着汤勺盛了一些,不料手一抖,滚烫的米汤洒到了手上。女人咒骂了一句,甩甩手,转身准备煎蛋,蛋壳"啪"的一声碎裂了,蛋液却没安稳地掉进锅里,而是顺着锅沿流了出去。烦躁的情绪持续升温,女人一边收拾,一边吼着屋里呼呼大睡的男人起床……男人被吓得一个激灵,抱怨了几句蒙头继续睡,女人看男人没出来,拿着锅铲进去理论……一阵焦味儿传来,煎蛋煳了,女人气得直跺脚。

早饭总算做好了,男人抓了抓头发,刚坐下就嘟囔着:"怎么又吃这些啊,不是让你下楼买油条吗?"

女人瞪了男人一眼,冷哼着说道:"想吃就自己去买,别挑三拣四的,自己在外面潇洒了半辈子,现在老了知道回来享福了,要是有人能这么天天伺候我,我连个屁都不会放……再说,你的血脂血压多高了,还吃油炸的,嫌命长啊?!"

"行了,行了,我就多说了一句话,你还没完了。"男人不耐烦地答道。

……

一顿早餐,如往常一样,不欢而散。

已到中年的女人身材有些发福,常年在厨房忙碌让她的皮肤也有些暗黄松弛,头发松散凌乱地拢在一起,额头两侧的碎发总是垂下来,更显老态。

她默默为这个家付出了很多年,今年总算把儿子供上了大学,她觉得疲惫不堪,不愿社交,也疲于工作,只想在家待着,哪怕家里静得可怕。

2

晚上六点多,天色渐暗,已经没什么患者了,我窝在沙发里看书，护士在前台整理着档案。一位中年男人迟疑不决地走了进来。他衣着体面，戴着眼镜，皮鞋打理得十分干净，只是神色有些疲惫。

护士似乎见过他，面露无奈，依旧礼貌地上前说道："陈先生，秦医生最近比较忙，真的不能出诊，要不等他闲下来，我再打给您？"

男人沉默了一下，说道："真是不好意思，给你添麻烦了，但我觉得我妻子最近的状态又不好了，我实在不知道怎么跟她说要她看心理医生……"

这时，秦幕刚好从诊疗室出来，看到男人怔了一下……然后，礼貌性地笑了笑说道："陈先生，跟我进来吧。"

男人显然有些意外，连忙说道："好的，好的，真是辛苦了，秦医生。"

……

得，又有活儿了。我拿起本子跟了进去，准备记录工作。

男人坐在沙发上，皱着眉头缓缓开了口："我的妻子是名老师，性格不算太好，但是人不错，很顾家，最近几个月……她变得十分暴躁，动不动就发脾气，开始时我以为她更年期到了，也没在意，可后来我发现她越来越不愿意出门了，单位也不去，从前经常来家里玩的同事朋友她也不邀请了，偶尔还会偷偷掉眼泪……我想带她出去走走，可她不愿意，还数落我，年轻时不带她出去，现在老了还有什么心思玩儿……唉，我也不知道自己做错了什么，每天都因为陈年旧事被她唠叨。我不知道这是情绪病还是抑郁症，现在的家庭生活真的很困扰我，我又不敢让她去看看医生……"

秦幕沉默了一会儿，问道："你们身边还有其他亲人吗？比如老人孩子都在附近住吗？如果可以的话，我想见见，了解一下家庭环境。"

男人："我的父母都去世了，她的父亲在养老院，年纪大了也糊涂了，说不清什么。孩子去省外上大学了，他妈的事儿，我也不想让他知道，免得他担心。"

又是一阵儿沉默，秦幕皱了皱眉，说："好吧，我尽快安排时间去一趟，放心，她不会知道我的身份的。"

男人表达完感激，欣慰地离开了。

一晚上，秦幕都在发呆，并且拿了资料亲自去核实患者身份。不知为什么，我总觉得他这次过于紧张，怎么看这个患者都只是抑郁倾向，并不算棘手。

直到几天后，我跟着秦幕以男人朋友的身份去他家里做客，才发现原来一切并没有我想的那么简单。

3

一个午后,忐忑的男人带着医生和助理回了家,并在小区楼下小心翼翼地给家里的妻子打了电话,告知有朋友要过来。电话那边不知说了什么,男人连连点头,随后从车的后备厢里拿了一盒茶叶,说是妻子吩咐的,武夷山刚下来的新茶,招待朋友最好。

男人的家位于市中心的高档小区,环境很好,房子也很大,一共有两层,装修得十分讲究。男人招待医生和助理坐下后,便上楼去叫妻子。

年轻的医生仔细地打量着周围的环境:屋子打理得还算干净,只有角落里还有灰尘的痕迹,鞋柜里的鞋子不多,码放整齐,厨房有一些油污,但也都在边边角角的地方,垃圾桶里的厨余垃圾比较多……墙上挂着女人的照片,眼眸明亮,眉骨较高,嘴唇略薄,看着性格应该比较强势,同时也有着这个年纪的成熟美。

不一会儿,女人下来了,和两位客人寒暄了几句便去厨房泡茶,茶叶在滚烫的开水中逐渐舒展开来,茶香四溢。助理愣了一下,借故帮忙,上前和女人攀谈了起来,客气地说道:"陈先生真是好福气啊,嫂子这么贤惠。"

女人含蓄地笑笑,然后抱怨道:"他可不是有福气嘛,年轻时不着家,我一个人把老人都送走了,把孩子也培养到上大学了,刚要缓口气,他就从外地调回来了,说自己折腾够了,回来享福了。得,这回我还得接着伺候他。"

……

茶杯摆好,女人礼貌地帮两个人倒满茶。医生端起杯子没喝,眼神飘向别处,缓缓开口:"茶泡好了,让他下来喝吧。"

女人:"不急,他换衣服呢,一会儿就下来。"

"茶凉了就不好了,要不我去叫吧。"

"我老公这个人干什么都磨磨蹭蹭的,你们先喝,我去叫吧。"

……

男人终于下来了,戴着眼镜,换上了家居服,刚坐下就压低嗓子问:"怎么样?我妻子有什么不对吗?"

医生没回答,而是端起茶杯喝了半口,挑了下眉,说:"这是武夷山的岩茶,一年中只在春季采制,这茶放了有小半年了吧,味道有些涩,香里藏着浊气。"

男人有些蒙,连忙开口:"这是我妻子旅游回来新买的啊,难道是被骗了……算了,她高兴就好……秦医生,她到底有没有问题?"

医生:"她没有被骗,买时的确是新茶,只不过在你这儿放的时间太久了。"

男人:"不可能啊,她上周才回来的!"

医生:"上周几?几月几号?"

男人有些慌乱:"我……我不记得了啊,这和她的病情有关吗?算了,算了,我直接把她叫下来问清楚吧!"

医生:"你叫不下来她的。"

男人:"你什么意思?"

"你在这儿,她就不能出现。"医生说完,便拿出了手机,那是从进门就开始的录像,画面中根本没有什么女人,不过是男人戴了发箍,换上睡裙,忙来忙去的画面……

男人一下子瘫坐在沙发上……

"我看过桌子上的奖杯,你的妻子是名语文老师,并且是'十佳'班主任,现在正是开学季,你说她不上班,学校不可能在这个时候给她放假,并且也没人打过电话找她吧?……厨房里的厨余垃圾比较多,我看过都是完整的包子、鸡蛋,以及整碗的米饭,我想你在家做的都是两个人的饭,可只有一个人吃……房子整体很干净,但是角落里却布满了灰尘和油渍,那是你的另一个人格在模仿,或者说是'成为'她时的失误。包括你手背上的烫伤,我想你之前可能从未做过饭,对于她做家务的流程你根本不熟悉,当然对于这个家你都未必有多熟悉。你总是那么忙,忙你的事业,忙你的应酬,当然也可能忙其他的……等到你终于想安定下来的时候,那个总是围绕着你转的女人却不在了……于是,你就成了她。"

男人浑身颤抖，目光惊恐，浑身的血液仿佛凝结了，终于，他嘶吼出来："不对，不对……你这是哪儿来的录像，她怎么可能不见了，她去哪儿了？！"

医生："半年前她和朋友去福建旅行，旅行社的面包车行至黄燕山的时候突然冲下悬崖，事后证明是司机疲劳驾驶导致的……一车人全部遇难，无人幸免，死状惨烈……你在地铁建设公司工作，一个城市一个城市地走，前半生都没怎么着家，她一个人照顾老人、孩子，还要工作……等你终于下定决心转到后勤部门，回归家庭时，她却再也回不来了。你内疚、自责、痛苦不堪，于是你的人格里分裂出另一个'她'，不停地指责自己，声讨自己，可以说这是一场自己和自己的较量……其实你第一次来到诊所时，我就隐约觉得不对，于是我按照你给的患者信息调查，发现她其实已经销户了。我想联系你的亲属说明你的病情，可是没联系上，只能先让护士拒绝了你。之后你又来了三次，我觉得你的病情不能再耽误了，于是答应了你，并查找了关于她的全部资料，发现了她的死因……如果不相信，你可以打开手机看看刚才的通话记录，她到底有没有接。"

此时的男人已经魂不附体了，这一生最大的痛苦已然揭开，血淋淋地摆放在他眼前。他手脚僵硬且慌乱地打开手机，翻到了通话记录，是的，那通电话并未接通。

房间里，只剩下男人痛苦的哀号。

……

我们常常以为爱经得起等待，一切都来得及，然而，真的来得及吗？

4

后来我们联系上了男人的儿子，并详细沟通了男人的病情。未来他的治疗可能需要很长一段时间，但别无他法，因为余生更长。

我问秦幕，这样逼他去面对真相真的好吗？秦幕反问我，不然呢？苦口婆心用心灵鸡汤、金玉良言安抚他？转移他的注意力，不去想、不去碰就好了？不会的，他依然会深陷其中，不能自拔。为什么？因为治愈痛苦最好的方式从来不是压抑和回避。

这世上弥漫着焦躁不安的气息，一些人疲于奔命，他们忘记了很多东西，忘记了陪伴，忘记了守护，甚至忘记了爱，等到忽然想起的那一天，却发现周遭都变了……就像这个男人，妻子走之后，他便忘记了怎么活，明明前面几十年都活得那么好，可现在他却出了问题。

又是一个初秋，落叶如蝶，风如呓语，一声一声唤人归。
这苍茫的世界里，这滚滚的红尘中，已经再没有她的一丝气息了。她消失了,干干净净的,再也找不回来了。窗台上的花都谢了,杯里的茶也干了,厨房再无她忙碌的身影,家里再无她不满的唠叨。男人专心地注视着家里的每一寸角落,想象着如果她在会是什么样子,看着看着,他就笑了……桌上放着一碗热气腾腾的馄饨,那还是半年前她包好冻在冰箱里的,他咬了一口,有一些久存冰箱的味道,不过更多的是她的气息,真好啊……这是最后一碗了,吃完就没了……他嘴角泛着笑,如同品味着珍馐佳肴,不经意间有泪水滴落进碗中。

"唉,你怎么这么着急呢?我这不是回来了嘛,我不走了,再也不走了……"

保　姆

> 女性的天空是低的，羽翼是稀薄的，而身边的累赘又是笨重的！
>
> ——萧红

1

下午四点，本就熙熙攘攘的菜市场比往常更加热闹了。热闹的中心是两个正扭打在一起的女人，她们在地上翻滚、撕扯，头发散了，衣领开了，恶毒的言语不断涌出，全然不顾旁边婴儿车里大哭的孩子……有人上前试图把她们拉开，无果；有人拉着自家孩子，厌恶地从她们附近快速走过；也有人饶有兴趣地全程观赏，拍摄，上传，并不时地露出猥琐的笑容。

惨叫，哀号，咒骂，在二人之间轮番上演，其实她们只是为了争一条新鲜的鲈鱼。

……

斗败的女人骂骂咧咧地推着婴儿车离开,边走边怒视着旁边看笑话的人群……热闹的街市,到处都是一颗颗骚动的好奇心,几千年来,从来没变过。

没抢到丈夫要吃的鲈鱼,女人只能丧气地随便买了条草鱼回家。

晚上六点,丈夫下班回来,坐在沙发上边看电视边抓背,可能是换季的原因,他觉得背上瘙痒难耐。女人在厨房喋喋不休地抱怨今天的遭遇。草鱼很新鲜,在菜板上还活蹦乱跳的,女人用抹布蒙住了它的头,左手抓住鱼尾,右手举起刀背狠狠地拍下去,动作粗暴又血腥。粗壮的手臂,起落几下,鱼鳞和血就崩到了墙面上。男人向厨房张望了一眼,皱了下眉,拿起遥控器调大了音量……

"今天买的青椒比昨天贵了五毛,早知道昨天多买一些了……韭菜到家都蔫儿了,挑的时候明明还可以啊,怕是老板私下给我换了,明天不去他家了……草鱼肉柴,还不好收拾,价格也不便宜,真倒霉,要不是遇到个泼妇我才不买这个呢……"

女人的唠叨还在继续,男人索性关了电视,戴上耳麦打起了游戏……男人对女人的一切都麻木厌倦,就像今天在菜市场，他明明就在附近，可他只看了一眼便慌张地拿起公文包，绕路离开了，仿佛生怕被卷入这场聒噪的街头是非之争，拉低了自己的身份……如同面对厨房里溅出的鱼鳞和血，他感觉厌恶得很。

晚饭是番茄炒蛋、韭菜炒虾仁、草鱼炖豆腐，还有一道海带汤。男人吃得很香，番茄炒蛋酸酸甜甜，韭菜配合着虾仁的咸香也很下饭，草鱼炖得恰到好处，软软嫩嫩，异常鲜美，豆腐浸入了鱼香，汁水满满，最后再来一碗海带汤，不仅解腻还爽口。男人餍足之后，又躺回沙发上，身后的厨房一片狼藉，女人一边干活儿一边抱怨，身前的卧室里是孩子持久的哭闹声，他拿起耳麦，迅速戴上，整个世界安静了。

女人边洗碗边催促丈夫去哄孩子，可男人并不理会，仿佛这个世界除了手机一切都与自己无关。女人有点儿生气，嘟囔了几句，便放下手里的活儿去抱孩子。长年累月的操劳，让她的气色很差，腰和手肘经常酸痛不已。刚泡上的奶粉还没摇晃均匀，玻璃奶瓶就随着女人手腕的一阵酸麻，"砰"的一声摔在地上，瞬间四分五裂。怀里的孩子受到惊吓，哭得更厉害了……女人努力地安抚着孩子，可是并没用……她望着沙发、茶几、榻榻米上堆的衣服和杂物，角落里还没来得及收拾的垃圾，厨房的水池里摞着的满是油渍和食物残渣的锅碗瓢盆……以及与周围格格不入，独自岁月静好的丈夫，那一刻，她心里有根弦，悄无声息地断了。

……

夜晚,男人像往常一样只留给她一个背影……她躺在床的另一侧,四肢百骸都在疲惫地叫嚣着,可是因为胀奶,她不得不起身去找吸奶器。路过客厅的镜子时,她突然愣住了。她很久没有好好照过镜子了,借着月光,她看到镜子里的自己满脸油腻,头发稀疏凌乱,身材臃肿,胸部下垂……这个女人明明曾经也明艳动人,曾经也在夜店舞动过妖娆的身姿,曾经也受过高等教育,曾经也优雅得体、追求者众多……可现在她偏偏把自己活成了这副鬼样子,拒绝社交,油腻邋遢,为了几块钱和商贩争辩不休,在菜市场里和泼妇大打出手……其实她躺在地上被对方抓着头发的时候,看到了丈夫飞快地从人群中穿梭而过……

那天晚上,她哭了很久,她好像并没做错什么,但又似乎什么都错了。

第二天,她做了一个决定,她要找一个保姆,她要拥有自己的时间。她从外界获知的一切都在告诉她,她的婚姻很无聊,她的房子很杂乱,她的孩子很聒噪……她曾经以为能应付这些就很了不起了,可时至今日,她再也不想要这份"了不起"了,她想有一个新的开始。

与想象中的一样,丈夫并没有答应她的要求。理由很简单,他现在这样辛苦地工作,才勉强养得起这个家,实在没能力再多养一个人。而且他觉得，女人不用工作，只是简单地照顾家而已，难道这还需要帮忙吗？

男人显然很不耐烦，连日来的瘙痒加上女人的无理取闹，让他烦透了。他早饭都没吃，扯着领带气急败坏地就去上班了。

女人很难过，她觉得自己陷入了一个困境，没人能帮她。她像一个落水的人，挣扎在水面上，理智不让她沉下去，可生活不让她浮上来，连续几天都浑浑噩噩的。直到那天下午，她带着孩子买菜回来，看到一个年轻的女孩儿正在做家务，才惊喜地想到，原来丈夫终于看不下去了，帮她找了一个保姆，虽然只是每天做两个小时的钟点工，但已经帮她分担了很多麻烦。

她想，这个男人虽然多数时候比较自私，但对她也不是一点儿感情都没有，有些时候也愿意打折扣地付出。

女孩儿叫塔塔，是一名大二的学生，瘦瘦小小的，十分勤快，性格也热情开朗，充满活力。

那些堆积如山的杂物，塔塔总能顺利地分类整理；让人头疼的厨房，塔塔也能轻而易举地搞定；孩子不安时的哭闹，塔塔也能安抚与陪伴。渐渐地，女人和塔塔成了朋友。

她们会趁孩子熟睡时，边聊天边喝下午茶，塔塔经常对女人讲学校里发生的事情，那些青春洋溢的小欢喜，让女人仿佛回到了在校园里的日子。还有那些时尚的穿搭技巧，当季的流行元素，塔塔总能及时地向女人传递。如果男人心情好，可以帮女人看一会儿孩子，塔塔还会兴奋地拉着女人去看一场电影，使女人感觉久违的肆意与自由扑面而来。塔塔来了之后，女人又鲜活起来了。

直到那一天，女人从超市回来，在门口看到老公的鞋子，高兴地想着老公提前下班，今晚要加菜，然而，后面的事就完全在她的承受范围之外了：卧室虚掩的门后，是塔塔坐在男人的腿上撒娇，要求男人晚上陪她一起睡……那一刻，女人疲惫生活的唯一支柱倒下了。

女人开始大哭大闹，摔烂了家里所有的东西，情绪非常不稳定。无计可施的男人，把她送到了精神科。压倒骆驼的最后一根稻草，究竟是什么？

2

十月的江城市，已经转凉，似乎在为初冬做着最后的准备。

本想着来秦幕这里躲躲清闲，没想到今天来了一位比较棘手的病患，是一位三十五岁的女人，产后抑郁加妄想症，陆续治疗了两个月也不见起色。她的丈夫有点儿暴躁，对护士说话特别不客气。对此，秦幕并没什么反应，只是让我带他们到测评室，再做一次量表。我很纳闷儿，之前不是做过了吗？而且只有一个患者，为什么两个人同时做量表？难道想骗患者钱？歹毒啊。

等所有测试都做完之后，秦幕并没让患者进去，而是让我陪着患者的丈夫先来到了诊疗室。

窗外是俄式的复古建筑，陈旧萧索，附近还有干枯的枝桠随着冷风打晃，荡漾在落日的余晖里，更显寂静落寞。

屋内落座的男人表情十分愁苦，边抓着脖子边倾吐着心事。

……

"然后呢？"秦幕耐心十足地询问着。

"公司最近的业绩又下滑了。"

"还有吗？"

"她想跟我离婚。"

"你想离吗？"

"不想，她还病着呢，再说这个家不能没有她。"

"还有呢？"

"身上越来越痒了，吃了半个月脱敏药，也没好。"

"接着说。"

男人有点儿不高兴了，急躁地问："我老婆到底怎么回事啊？你为什么一直缠着我问个不停？你到底能不能治好啊？你知道我一天多忙吗？家里全乱了，孩子也没人带，我自己也生病了，痒得我天天睡不着！公司还有无数件事等着我……"

秦幕不动声色地看着他咄咄逼人地叫嚷，也不反驳。过了好一会儿，男人终于平静下来了，秦幕才继续问道："能聊聊作为丈夫，你为这个家做过什么吗？"

"做过什么？"男人怔了一下，似乎听到了一个可笑至极的问题，"什么不是我做的？我在外面拼死拼活地赚钱，为一个单子陪对方喝到胃出血，让她和孩子吃穿不愁，她还想让我怎么样？没有我，她就得喝西北风。她呢？一分钱不赚，就伺候个孩子，就要死要活的，你说我为这个家做过什么，谁能来体谅我？"

男人越说越激动，随之后背也越来越痒，他狠狠地抓了一下。

秦幕："这个病多久了？吃脱敏药了吗？是因为这个病没去单位吗？"

男人的语调降了下来，叹了口气说道："有两三个月了吧，起初也没有这么严重。吃了氯雷他定，涂的是糠酸莫米松，效果并不好，越到晚上越痒，我已经很久没有好好睡过觉了，白天状态也不行，有一个月没正经上过班了。单位的电话都要打爆了，我能怎么办？！"

秦幕看了一眼男人之前做的量表，缓缓说道："把药先停了吧，你这个疹子可能不是过敏，是心理问题造成的。人的潜意识是有自救功能的，当它感受到你的焦虑，就会想办法帮你停下来。简单来说，就是你对工作有压力，不想上班，而生病就不用上班了，所以你的潜意识帮你生病了。你的性格中，逃避的成分是比较大的……你的确承担了家庭的经济责任，但是身为丈夫和父亲的责任，你却一味地在回避，起码你没付出关爱。产后抑郁是可以自愈的，持续的时间也不会太长，可从你妻子的状态来看，她已经很长时间了，这和你的自私、冷漠有很大的关系。所以，我的想法是你先照顾好妻子，不要懒于承担做丈夫的责任，同时，也不要害怕承担做领导的责任，当你学会不再逃避了，你的痒也就好了。"

男人吃惊地看着医生，脸色由白变红，然后默默低下了头，良久，颓然地问道："我的妻子，也会好吗？她……严重吗？"

秦幕："你刚才说没有你，她就得喝西北风。可是我看过她的资料，名校毕业，会计专业，有过四年外企的工作经验，如果不是为家庭中断了职业生涯，现在她应该很优秀吧。和你见过的这几次，我观察到你的衬衫都很干净，并且熨烫过，我想那应该是她做的，即便还在生病，她也没有放下这个家。所以，到底是她离不开你，还是你离不开她呢？……放心吧，她会好起来的，不过在这之前可能会麻烦一些，如果你同意，一会儿我会安排她做一次催眠，并且后续还要定期做心理疏导。"

男人点了点头，经过了漫长的沉默之后，他站起身来，向秦幕道了谢，然后脚步虚浮地离开了。

这个平凡、自私又努力的男人，或许终于明白了家庭的意义，幸好，现在还不算太晚。

……

二十分钟后,诊疗室的窗帘被全部拉上了,整个屋子漆黑一团。

女人躺在沙发上,已经被深度催眠,秦幕在她的身旁给予催眠指令。

"我会一直陪着你,你不用害怕。你现在向前走,你前面会出现三个门,看到了吗?"

"嗯。"沙发上的女人呼吸平缓,眉头微微皱着,闭着眼睛,喃喃说出一个字。

"第一扇门后是你童年时的家,第二扇门后是你学生时期的宿舍,第三扇门后是你结婚后的家。现在,打开第一扇门,可以吗?"

"好。"

"你看到了什么?"

"妈妈在做饭,爸爸在陪我做作业,很幸福。"女人眉头舒展,嘴角很轻松地翘起,表情轻松,带着笑意。

"你做得很好,下面打开第二扇门,看看里面有什么?"

"室友都在里面,有人收到了情书,大家在开玩笑。"

"你开心吗?"

"开心。"

"非常好,继续打开第三扇门。"

"不,不打开。"女人的呼吸开始急促起来,眉头紧皱。

秦幕一边握住了她的手,一边安抚道:"我会一直陪着你,没关系，打开吧……"

女人良久不开口，表情似乎在很痛苦地挣扎，不过她最后还是配合了。

"房间很乱，孩子在哭，老公在玩手机。"

"没关系，你再往里面走是卧室，现在去打开卧室的门。"

"不，不想！"女人的身体开始扭动，似乎在极力反抗，额角渗出了汗水……我给秦幕递了一个眼色，询问他要不要停止。

他摇了下头，目光坚定且温柔地说道："我就在你身边，今天阳光很好，透过窗子，照到你身上很舒服，你感觉很放松，我慢慢陪你向前走……你打开了卧室的门，你看到了什么？"

"塔塔，塔塔坐在我老公身上……"女人的眼角微微渗出泪水，但已经不再挣扎了，我暗自捏了把汗。

"塔塔是你的保姆吧？她会做饭吗？"

"她……不会。"

"她只会整理房间，帮你照顾宝宝是吗？"

"嗯。"

"她多高，胖吗？"

"不高，瘦瘦的。"

"是不高还是矮？"

"矮。"

"那好，你现在走进去，仔细看看她是谁？"

……

"塔塔，啊，塔塔是……是我的女儿，是我的女儿……"

……

窗帘被掀开，阳光洒满屋子，醒来后的女人泪流满面，情不自禁地喃喃道："我在做什么？她只是一个孩子啊，她怎么可能是保姆……我怎么会那么想……我什么都没为她做过，可她却为我做了那么多……"

3

塔塔其实是这对夫妻的大女儿，今年十四岁，比同龄孩子要早熟一些。她帮母亲分担了所有她能做的事情，同时，她也是母亲唯一的支柱，哪怕这根支柱过于脆弱和稚嫩，但总算在父亲冷漠的背影后，给母亲带来了一份希望。可以说，女人的潜意识利用了女儿，进行了一场自我拯救。

后来，我问秦幕，为什么女人的潜意识要给女儿换上保姆的身份？秦幕看了我一眼，语气冷淡地说道："你会安心地使唤未成年的女儿帮你做这做那吗？毕竟抑郁症患者都是很善良的人，所以她不能容忍女儿错过无忧无虑的童年时光，提前走进成年人琐碎的生活。女儿该有自己的玩伴，该去读书，该去享受自由。然而作为母亲的她病了，她又迫切地需要这个女儿来拯救自己,所以她的潜意识自救系统又开启了,给女儿换了个身份……"

……

有时候我会想,子女对父母来说究竟是什么?父母从没有征求过他们的意见,没有问过他们到底想不想来到这个世界,只是一厢情愿地自我感动,认为自己赋予了他们生命。然而,生命不仅仅需要一个机会,更需要被善待。

此外,又是谁亲手将女性无孔不入的绝望,缝合成足够以假乱真的图像,以至于让孩子变成保姆的呢?这个女人的困境,其实只是拼图中的一小块,却也展示了女性被迫牺牲的一生。灵魂可以被治愈,但现实的治愈途径又在哪里呢?

毒

"他沉沦,他跌倒。"你们一再嘲笑,须知,他跌倒在高于你们的上方。他乐极生悲,可他的强光紧接你们的黑暗。

——尼采

1

密集的鸟群,裹挟着湿热的风,冲出远处边境的地平线,翻滚盘旋,发出阵阵凄厉的鸣叫。而此时山脚处的一头老黄牛,正发疯似的与其附和着,哀嚎声响彻大地,却丝毫不影响旁边牵着缰绳的男人们残忍地戏弄它的好兴致。

那是一群无恶不作的亡命之徒,他们手持棍棒,将一名奄奄一息的男子围在中间。

这时，刚才还在奋力挣脱的黄牛已经被开膛破肚，硕大圆润的牛胃被熟练地分割开来，伴随着人们亢奋的口哨声，又被小心翼翼地打开，瞬间酸腐的杂草味儿四散开来，却并没有影响持刀人的速度。很快整个牛胃就被掏空了，准备迎接它新的填充物。

为首施暴的是一个叫华子的男人，他身材高大，皮肤黝黑，望着地上一息尚存的叛徒，脸上挂着暴虐兴奋的笑……满是肌肉的腿，带着凌厉的风，狠狠地踹到这个叛徒的头上。

"别打了！"一直在旁边抽烟的另一个男人说道。

"知道了，四哥。"华子看了他一眼，有些意犹未尽地收了手。此时，下面的人已经开始闹哄哄地把这个绝望的叛徒往牛胃里塞，他们异常团结，也异常配合，折腾了好一阵子才勉强塞进去，还不忘把切口缝起来。

"你们几个把他拉走，扔到公路上去。"四哥说道。

"费那劲儿干吗，一会儿我给埋了呗！"华子嘟囔着。

"少废话！"四哥不再看众人，转身离开。

2

灯光暗淡的诊疗室内，时针指向八点钟。

江城市今年的冬天似乎比往年来得早了一些，屋子里通了地热,暖洋洋的。秦幕站在窗边,若有所思地望着窗外的初雪,月光映在他轮廓清晰的脸上,更显清冷阴郁。

"还是查不到。"拿着几乎空白的患者资料,我有些担忧地说道。

秦幕笑了笑,懒懒地出声:"没关系,一名查不到背景的警察,应该是冲在一线的,很多事情本就不该我们知道,需要我们知道的,他自己会说。"

半个小时后,一个身材清瘦挺拔的男人出现在诊所里。

他叫殷伟,二十九岁,一头利落的短发,面容冷峻,眼底发青,精神不是很好。我按惯例带他来到了测评室,准备填写各种表格,可他看了一眼后就拒绝了,并告诉我他没有病,之所以来到这里,是因为他忘了一些事情,这里能让他想起来。我没办法,只能直接带他去诊疗室找秦幕。

殷伟眼神有些犀利,探究地看着秦幕,半晌说道:"你会帮我的,对吧?"

秦幕:"未必,警队都有自己的心理医师,你这样出来找我,不合规矩。"

殷伟:"我查过你,身世清白,有官方背景,信得过。我是一名缉毒警,做过五年卧底,队里的医生帮不了我,我没办法了。"

秦幕笑了笑:"信得过?你们警察都这么轻易相信别人吗?

那你这五年,是怎么活下来的?"

殷伟怔了一下,经过了短暂的沉默之后,直视着秦幕,说道:"是冯局让我来找你的。"

有那么一瞬,秦幕的张扬和不羁,都化为一种浓重的痛苦,呈现在那张原本儒雅淡然的脸上。

"你走吧,我帮不了你。"说完,秦幕转身欲离开。

殷伟急切地站起来,目光灼灼道:"冯局还让我问你,难道你都不想弥补吗?"

又是一阵沉默蔓延开来,秦幕似乎在心里挣扎了许久,时间一点点流逝,前尘往事席卷而来……终于,他还是留了下来。

……

苍茫的夜,随着殷伟心门的打开,变得更加幽深了。

3

我叫殷伟,出身于警察世家,长大后毫无悬念地继承了家族的意志,成了一名缉毒警察。

从警校毕业那一年,我就去了四川的一个县级市公安局缉毒中队实习,为期半年。很难想象这么小的一个地方,居然有一千多名登记在册的吸毒人员。

那时的生活,每天都在蹲点、抓人、验尿、看守中往复循环，每个环节都容易出问题，也都有危险。尤其是看守，这帮瘾君子时不时地就会在审讯室里犯毒瘾，毒瘾一犯就会有攻击性和自残行为，需要我们及时制止，过程中很容易被他们咬伤、抓伤。而这些人因为常年糜烂的生活，患有艾滋病和性病的可能性非常大……刚开始我也怕过，后来时间长了，看过的人间苦难太多了，这种恐惧反而变成了一种愤怒，一种对待罪恶的愤怒。

我永远忘不了我第一次到凶案现场时的情景。一个母亲为了吸毒，杀害了试图制止自己的女儿。现场异常惨烈，还没推开门，浓烈刺鼻的腥臭味儿就扑面而来。走进去，里面的桌椅板凳、生活用品散落一地，地上的血脚印延伸进厨房，还是实习生的我看得头皮发麻……一个十七岁的女孩儿，被自己母亲砍了十几刀，连头都被剁下来了，血肉模糊……毒瘾过后的母亲疯了，或许她只有疯了才能活下去吧。

一个爱你的人可以在生死攸关那刻为你挡刀，替你去死，然而也可以在毒品的反复摧残下，将你虐杀致死。这就是毒品的威力。

……

后来，我抓到的毒贩越来越多，破过的案子也越来越大，受到了上级的重视，被派遣到云南边境卧底一个毒窝。那个地方对特情人员来说，是一个十去九不归的地方。能不能活着回来，不仅要看个人能力，更要看运气。

走之前，我去见了见父母，没多说什么，只是把我的个人证件都交给他们了，然后把户口也迁走了。我爸是个老刑警，一看就明白了，抽了半包烟，一句都没问，临走时我在家门外磕了几个头，算是尽孝了。

我的女朋友也在公安系统，刑侦科。我很爱她，所以不想连累她。我走之前，她好像感应到了什么似的，给我打了好几个电话，都被我佯装不耐烦地挂了……现在想来，如果当初和她说清楚，让她安心等我，或许就不会让她陷于危险之中了，我想这是我此生唯一后悔的一件事了。

这些年我看到的悲剧太多了，边境的毒贩都是穷凶极恶之人，运毒的手法令人发指。这世上的罪恶，总需要有人出来制止，我想成为那个人，或者说成为那群人中的一分子。

然而，这条路并不好走。在卧底一年之后，我才勉强融入小毒贩的圈子中，也适应了晚上喝酒、打牌、散货，白天或睡觉或逃亡的生活。

在那个地方，他们叫我华子。

没来过这里你不会知道，这世上最可怕的从来不是死亡，而是死亡的方式。

我跟的帮派头目叫四哥，为了震慑警察和叛徒，他将人类原始的兽欲和变态发挥到了极致，经他手里的人命，从来没有一条走得痛快。他有一个柜子,里面放的不是钱,而是几十盒安非他明,这原本是一种治疗嗜睡症、提神醒脑的药物,已经被列为毒品,他用这种药让人被残害时保持清醒,充分感受到每一分疼痛。

和我同时潜入毒窝的特情人员还有两个,为了暴露之后不连累彼此,我们每人各加入了一个帮派。这三个帮派始终处于敌对的状态。我们约定,一旦某个人被抓,其他人不需要去救,因为在这个地方,救人太难了,最好的办法是帮对方快点儿了结,但即便是这样也非常困难。

第一个同伴暴露时,我们根本不知道消息,知道时他已经被埋三天了。

第二个……我就在现场,四哥让人去找牛时我就已经害怕了,我掏出枪想快点儿解决他,但被人制止了。然后二十几个人围着他打,我下不去手……后来牛的胃被清空了,里面的胃液被保留得很好,熟练的刽子手一点儿都没洒出来。我更害怕了,佯装亢奋地欢呼着,想让颤抖的灵魂镇定一些,然后,狠狠地去踢了他的头,当我想继续上手时,被四哥拦了下来……他最终还是被缝进牛胃里,任由胃液将他一点点腐蚀掉。

我想那是我一生中最痛苦的时刻。

我每天都很害怕,却还要装成混世魔王,故作残忍暴戾的样子。

我怕消息不能及时送出去，怕又有人死，怕暴露身份，更怕被强迫吸毒……贩毒集团的人没有傻的，不会让干干净净的人融入他们，自己不沾毒怎么验货？……我曾被他们用枪指着头去吸冰毒，几个回合都没敷衍过去。最后我佯装生气，准备直接走人，却被人一个针头扎进后颈……头晕、恶心、恐惧一时间都涌了出来……事后，我把自己关在出租屋，喝大量的水，喝到吐，吐完再喝……在将近四十度的天气躲进被子里发汗，用最短的时间把毒代谢掉，一段时间后，我总算熬过去了，没染上毒瘾。

我的每一秒钟，都是在战栗中度过的，而我却没有退路。三个卧底，只剩下我自己，如果我放弃了，这场行动就全盘失败了，我们所有人的牺牲都白费了。于是，一次重要的毒品交易行动，我想尽一切办法参与了，终于见到了这个贩毒集团的核心人物——飞哥。

他显然不信任我，用余光审视了我许久之后，让几个打手从厕所里拖出来一个女孩儿，看着很年轻，十几岁的样子，穿着长衣长裤，脖子上套着绳套，我仔细一看，心里一激灵，这个女孩儿看样子已经死亡超过二十四小时了，肤色已经暗黑。飞哥看着我，揶揄地笑道："怎么样，身材不错吧？"我一脸痞笑道："是不错，可惜了。"接着，他递给我一瓶药水，让我把她溶了，我惊得汗毛都竖起来了，半天不敢接……他生气了，踹了我一脚，掏出了枪，问我是跟谁的，说我像新人，不知道

"身家干不干净"。我没办法,在众人面前接了药水,里面应该是硫酸……我不敢看,就别过头去洒……一股浓烈的腥臭味儿扑面而来,我跑到门口吐了半天,最后被几个打手拖了回来……飞哥问我愿不愿意跟着他,我说愿意,他大笑着说,愿意什么,愿意把他的窝端掉?我一听不好,暴露了,捡起旁边的螺丝刀就跑……一群打手向我扑来,我用螺丝刀扎了两个,又踹倒一个,最后被人用臂力器抽中了后脑,晕倒了……恍惚间看到火光冲天,有人把我拖走了。

再醒来时,我已经在医院了,我用胶布缠在身上的证据也带了回来,算是我对组织的一个交代……但我却不记得是谁把我救回来的,后面的事情都不记得了……我的上级告诉我,我的女朋友主动申请调到专案组,也参与了这次行动,但是,她失踪了……这个消息对我来说简直是晴天霹雳,这个贩毒集团内部根本没有女人,女人唯一能潜入的就是娱乐场所……她在那里吗?是她救的我吗?……她,还活着吗?

4

窗外的雪已经停了,月光流水般地洒在雪地与屋脊上,执拗地释放着微弱的光,似乎想给这片夜幕带来一点儿生机……它们都在用自己的力量与这个世界的黑暗抗衡,就像殷伟一样。

此时，他看似暗淡的目光却分明耀眼至极，灿若星河。

"出事之后，警方采取抓捕行动了吗？一点儿线索都没有吗？"秦幕神色凝重地问道。

殷伟摇了摇头："没有线索，同事说是我通过卫星电话传来信息，所以抓捕行动比较及时，大部分毒贩都被抓住了，但是四哥和飞哥跑了……我对后来的事情一点儿印象都没有，审讯那些人时也没有问出她的下落，现在唯一的希望，就是帮我恢复那部分记忆，你……有把握吗？"

秦幕："你有没有让医生检查过脑部，有没有可能是物理原因导致的失忆？"

殷伟："检查过了，医生说没问题，应该是心理因素。"

秦幕深思了片刻，严肃道："这个事情应该不像你想的那么简单，人只有突然遭受到重大打击，才会导致部分时间段的失忆，这也是机体自我保护的一种方式。所以，我希望你做好最坏的心理准备。还有，你有多久没好好睡觉了？你的黑眼圈很重……如果让你想起来了，并且结果很糟糕的话，你有可能会出现其他心理问题。所以，你真的决定好了吗？"

"我的女朋友可能还在那里，等着我去救她，我……一定要知道发生了什么，然后把飞哥抓回来，为我的兄弟报仇，没有什么比这些更重要的了，不是吗？"殷伟目光灼灼地说道。

秦幕皱起的眉头,从始至终都没有舒展开,他似乎在担心什么……

5

我按照秦幕的吩咐把灯关了,淡淡的月光从窗外照进来,殷伟安静地躺在催眠椅上,接受着秦幕的催眠指令。

……

秦幕:"你感觉到很放松,从你的头部,到你的四肢……你的身体很轻,很舒服……在一片空旷的草地上,有一个姑娘,很漂亮,她在对着你笑,她是谁?"

殷伟:"我女朋友。"

秦幕:"好,你要记住她的样子,我们现在要去找她了……你来到了你生活过的地方,这个地方对你来说是痛苦的,是恐怖的……你周围有很多人,他们拿着枪和毒品,他们逼着你做你不愿意做的事,你很痛苦……现在,我需要你看清他们每一个人的脸,看得到吗?有你熟悉的人吗?

殷伟:"没……没有,他们都是毒贩……我的手表里有针孔摄像头,我尽量自然地摆好姿势,以确定他们的样子都被记录下来,但是人太多了……太多了……我上前主动找飞哥攀谈,想要争取一个上位的机会。他,逼我去用硫酸溶解一具尸体……

我很痛苦，非常痛苦……不能跑，跑了就会被怀疑……我把液体倒了出来，味道很刺鼻……我很难过……她还是个少女，年纪不大，可是身材有些丰腴，脖子上套着绳套，绳套下面……下面……有一个胎记，很眼熟……"

秦幕："不用怕，我会一直和你在一起。现在，你的卧底身份被揭穿了，你和他们打了起来，但是人太多了，你很快被制伏了，告诉我，接着你看到了什么？"

殷伟的额头布满了汗，表情十分惊恐："他们用臂力器把我打倒在地……他们狰狞地笑着……飞哥拿出一张照片，是我女朋友被绑着拍的……我问他，她在哪儿……他说在……在后山的棉花厂里……我……我要去救她！啊……啊！"

秦幕："放松，放松……我们一起去救她，但你要告诉我，接下来发生了什么？"

殷伟急促的呼吸渐渐缓和，情绪也开始稳定下来，缓缓开口："有人扔进两枚手榴弹，火光冲天，外面有警车的声音……我被人救走了……"

秦幕："警队来支援了？救走你的人是谁？你仔细看看……"

殷伟："只有一个人，是……是我的同事，他没死……土太松了，他爬了出来……没有支援，警车的声音是他扔的报警器发出的……我们两个开着他的皮卡，一路往后山跑……救她！"

秦幕："你们有没有顺利到达棉花厂？"

殷伟："有。"

秦幕:"好的,现在切换场景。你们来到了棉花厂,你看到了什么?"

"我女朋友,躺在棉花堆里……棉花盖在她的身上……她没有穿鞋子,脚露在外面……我喊她,她没回应……我跑过去抱她,没抱起来……什么都没有,都是棉花……啊……"

此时的殷伟已经泪流满面,他不可遏制地痛哭着。是的,他都想起来了,令人窒息的画面,一点点都回到了他的脑海里……

他的身份暴露后,毒贩顺着线索查出了他的女友,并残忍地杀害了她,之后还肢解了她的尸体,将头和四肢放到了棉花堆里,而身体则被缝到了另一个少女的尸体上……所以,殷伟看到那枚胎记会眼熟,但是他始终没想起来,然后亲手溶了她……毒贩已然丧心病狂,没有什么比这更惨烈的打击,殷伟疯了似的要出去搏命,被他的同事拼命拦住了……此时,毒贩发现是个局后,马上来到棉花厂抓人……同事开着皮卡把他们引走了,临走时,他找到卫星电话请求支援,并泣血嘱咐殷伟一定要活着把证据带回去……

6

那天晚上,殷伟哀号了很久,久到让黑夜动容。他未来的路将异常艰难,也将异常坚定,因为他心底的阴霾,终将会成为一柄利剑，刺向自己，也刺向敌人。

他临走时，秦幕让他每周过来做两次心理疏导，他摇了摇头说，他的时间不多了，他的兄弟还在等他，四哥和飞哥还没抓到。

秦幕思索了一会儿，义正词严地说道："作为你的主治医师，我并不同意你现在就回到工作岗位。心理疾病的治疗是有时效性的，拖得越长，越难治愈，你现在只是失眠，后续会出现其他问题，包括耳鸣、心悸、应激障碍，等等，你有想过吗？很多事情，不是不能去做，而是需要更适合的人去做。你确定你现在去，真的能救得了人吗？我可以建议冯局把你调到更适合你的岗位上。"

殷伟怔了一下，目光凌厉、表情痛苦地说："那么复杂的地形，除了我没有人能走进去了，又何谈救人……就算是死，我也要拉着那几个毒贩头子一起死！你以为四哥是突然大发善心把我的兄弟和那个肮脏的皮囊扔在公路上等人救？不，相对于死亡，他更想让背叛他的人生不如死，他真的做到了……来这里之前，我去医院见了那个曾和我同生共死的战友，他失去了舌头、手指和几乎所有的皮肤，不得不在无菌室里耗着，直到死亡。我读懂了他微微开合的嘴唇……他在埋怨我，埋怨我当时为什么没有杀了他……"

……

秦幕沉默了，他无力反驳，那是我第一次看到他也会无能为力。

那天晚上，望着殷伟远去的背影，我问秦幕如果没有后期的治疗他会怎么样。秦幕说，他会永远活在被害的那一天，泼洒硫酸的那一天，从棉花里抱起女友的那一天，兄弟把命留给他的那一天。

"他虽然人回来了，但魂儿却留在那儿了。秦幕，怎么办？"

"没事，他心中有信仰，就永远不会疯掉。等他下次再来，我帮他把魂儿找回来，一定。"

可是还有下次吗？他还能活着回来吗？不管怎样，我相信那些被恐惧支配的日子，将永远不会重来，因为他将用一生作为代价，去换取心中的正义，这将是他此生的信仰，无比坚定。

江湖面馆

> 总而言之,在这广阔的世界上,除了自己你无人可以投靠。
>
> ——村上春树《海边的卡夫卡》

1

晚上七点,电视里放着《新闻联播》,饭桌上摆满了丰盛的晚餐。今天儿子回来,老人很高兴,在厨房里进进出出地忙活。老人已年近七旬,矮矮胖胖的身子却十分敏捷,三五下便利落地把菜切得均匀有致。等到锅内油温渐起,撒上葱花、辣椒,大火翻炒几下,菜已软熟,但颜色如初,入盘上桌。

老人催促儿子先吃,说不然面就坨了,还有一道鲫鱼汤,马上就好。儿子似乎正在看电视,并没理会老人。老人没说什么,专心地试着锅里的汤。汤色泛白,香气浓郁,老人满意地撇着汤沫,冲着客厅里的儿子询问道:"汤好了,要不要加香菜?"

回应他的是"咚"的一声,老人心中一惊,马上跑出去看,原来是他坐在餐椅上的"儿子"没放稳滑倒了,头栽进了面碗里……他的"儿子"只是一只毛绒玩具熊。

老人拿着纸巾,一点点地给熊擦着脸,喃喃自语道:"怎么没放好呢,唉,都湿了……"

那天晚上,落寞的老人小心翼翼地端起那碗早已坨掉的面,一根一根地送入嘴中,那曾是儿子最喜欢的味道。

2

又是一年的尾声,街上新年的气氛已经开始升温。我趴在诊所的窗边,琢磨着这一年也没少受秦幕的恩惠,应该请他吃个饭,不过这个人矫情又挑剔,吃什么都不会满意的,于是我索性挑了家自己满意的馆子。在送走了上午最后一名患者后,我把秦幕带到了诊所对面的一家面馆。

这家面馆已经经营很多年了,门面是由深色带着纹理的木头搭建的,分上下两层。白底蓝字的招牌,上面赫然写着"江湖面馆"。走进大堂,有六张方方正正的木质桌子,十分厚重,四角立着四根圆木柱子,每根柱子上都雕着佛手莲花,精细得很。整个面馆看上去既古朴又风雅。

午饭时间人比较多,我们等了二十分钟才等到位子。

"江老板,两碗阳春面,一碟酱牛肉,一碟皮冻,一碟麻辣豆芽……要快哦!"

"好嘞,姑娘,好长时间没见到你了,豆芽还是多加辣吧?"

"对,老板好记性!"

……

秦幕一脸不可置信地看着我,似乎在不屑中询问我——就这个?

"你要早说你舍不得花钱,我就不出来了。"

这货一定没挨过饿!我一边给他掰好筷子,一边谄媚道:"你不知道,咱们这条街可是卧虎藏龙,有你这样悬壶济世的大夫,还有刚才那位灶君出世的厨子,街尾还有一家卖鱼肉馄饨的铺子,更是出神入化,鱼肉到嘴里鲜得就像活了一样,回头带你尝尝哈!"

"江子。"

"嗯?"

"你知道你的书为什么卖得不好吗?"

"为什么?"

"你心中只有口腹之欲,志不在此。"

"滚蛋。"

"恼羞成怒!"

望着眼前这个一贯善于得体地微笑、狡黠地装傻、理智地沉默和完美地伪装的男人，我刚要咆哮，就被冲上鼻腔的香味转移了注意力。

秦幕："这面闻起来不错呢，老板好手艺啊！"

胖胖的老板，个子不高，梳着干净利落的小平头，圆圆胖胖的脸永远带着喜色，本就不大的双眼，笑起来眯成一道缝，但依旧不耽误他神采奕奕地炫耀："那是，只要吃过我做的面，没有不说好的。你看这豆芽都是我自己发出来的，根须都是一根根择的，每天只卖那么一小盆。还有辣椒，是用四川的泡椒和朝天椒混合的，还放了点儿柿子椒中和，别的地方可没这个味儿……这个面，早上四点我就起来开始揉了，没办法，揉的时间不够不筋道。里面我只放了蛋白，没放蛋黄，放了蛋黄面条就硬了，所以每天都得浪费一些蛋黄。我本来想自己吃，但是我胆固醇太高了，有时候我就煮好了喂附近的流浪猫，但是居委会不让。你说现在居委会怎么什么都管，真是的……"

"老板，我可以吃了吗？"看着快要坨掉的面条，我终于忍不住打断了他。

"你这孩子，嘴咋这么急呢……吃吧吃吧，这碟肥肠我请你了，今天咋没舍得点呢，自己花钱呀？这么俊的小伙子可不能让姑娘花钱，哈哈哈……"

……

老板终于走了，我想我的脸色一定特别难看……

秦幕嘬了一小口面："老板挺健谈的……他刚才说什么来着，你喜欢吃猪大肠？还舍不得请我吃，那一盘多少钱？才四十几块吧！你可真有出息。"

我尴尬地嘿嘿一笑："你看这肥肠一碟没几块，一点儿都不实惠，再说我不是给你点牛肉了吗？来来，尝尝这个牛肉，超赞的！"

秦幕没理我。我自顾自挑着碗里的面，热气腾腾的香味扑面而来，带着牛肉的咸香和萝卜的清甜，放进嘴里又滑又弹……再夹块牛肉，软烂的牛肉块吸饱了浓稠的卤汁，顺着肉的纹理渗出了一些。我轻轻夹了一块，然后飞速放进嘴里，美好的感觉从口腔蔓延开来。

秦幕鄙夷地问我："你急什么……"

我边嚼肉边回答道："你懂什么，慢了汤汁会流掉……美食可以治愈灵魂啊。"

秦幕一愣，然后意味深长地说："如果真能治愈灵魂，那还要我做什么？"

他果然不解风情。

回去之后，他问我这顿饭多少钱，我说八十，他挑了一下眉毛，有些疑问地说，饭钱八十，老板送了四十的肥肠，这生意做得妙啊。

我瞥了他一眼，不屑地说："你懂什么，这老板可是性情中人，从不计较蝇头小利，和所有的食客都能做朋友。"

……

后来我又去了几次江湖面馆，秦幕不在，我总要给自己点一盘肥肠，独自吃得酣畅淋漓。老板说他的食物在我这里得到了充分的肯定，每次总要额外送我一碟小菜。当然，只要他心情好，哪桌他都爱送点儿吃食，和人家聊一聊，真是个喜气的人啊。

时间过得真快，明天就是新年了，街上到处张灯结彩、火树银花，人们扬起一张张笑脸，仿佛终于摆脱了过去一年里的所有阴霾……偶尔有几个老人望着商场门前的大红灯笼出神，他们，在想些什么呢？

晚上六点，小护士下班了。我边收拾东西边问秦幕晚上和谁一起跨年，他带着有些幽怨的眼神瞥了我一眼。

"你。"

"嗯？"

"晚上临时加了一个患者，本来我也不想的，但是你白吃了人家的肥肠，我有什么办法？"

"啊，江湖面馆的老板？"

"嗯。"

"不会吧，那个老板看着比你还正常！"

……

夜色包围了全城，霓虹灯包围了夜色，伴随着年轻人的呐喊与欢呼，一位老人踏着月光而来。

"姑娘，真不好意思，耽误你下班了。"

"没事，没事，江老板，没想到您也会光顾我们这儿……咱俩以后还是在面馆见面吧。"

"哈哈哈，好啊……"

老人爽朗地大笑着，脸上的肉将五官挤压得越发局促。不得不说，这是我见过的心情最好的患者了。

江舟，六十五岁，面馆老板，开朗乐观，家境殷实，独自生活。在进行了一系列测评之后，我拿着表格带他来到了诊疗室见秦幕。

秦幕翻了翻量表，又抬头看了看，有点儿不解。

老人随意地在沙发上一坐，好奇地四处张望着。见医生打量着自己，嘿嘿一笑，又立即收住，故作严肃地说："小伙子，不对，是大夫，又见面了呀。也不知道我有什么毛病，最近总是睡不好，昏昏沉沉的，心情也不好，我是不是得抑郁症了啊？如果是的话，得通知家属吧？我儿子在外地，一时半会儿也赶不过来……"

我抬头看了看眼前这个面色红润、容光焕发的老人，实在联想不到他和抑郁症有什么关系，不过秦幕说得对，要严谨，没准儿是隐性的呢。

秦幕："大爷，您别多想，没有那么严重。"

老人一听，似乎有点儿不高兴："怎么不严重呢，你不知道老年人睡眠有多重要吗？睡不好觉，脑子会坏掉的，老年痴呆都有可能……我年轻的时候，干完一天活儿，刚爬上床，眼睛一闭一睁就是一宿，现在不行了，想睡个整觉太难了。我儿子说我是累的，让我把面馆关了，那可不行，我这人就好热闹，现在老了，身边越来越清静了，就图这个面馆热闹，来来往往都是朋友，都能聊聊，要不回家干什么呢，对着四面墙吗？心里憋得慌。"

秦幕笑笑："睡眠不好和很多因素都有关的，大爷，您晚上睡不踏实是吧，做梦吗？有没有重复性地做一个梦？"

老人："做啊，唉，可能人老了总爱回忆过去吧，总是梦到镇子上的老房子……梦到我像年轻时一样赶集，集市上有卖烧饼的炉子，有插着糖葫芦的木桩，有算命的摊子，唯独没有人……路边卖馄饨的铁锅里还咕嘟咕嘟地冒着气泡，隔壁卖鱼的盆子里，那鱼还是活的……整个镇子静得像坟地一样……我手里攥着儿子的小鞋子，就是找不到他，一遍遍地喊也没用，后脊梁骨都是凉的……再睁开眼睛，衣服都被汗渥湿了，一阵心悸，就再也睡不着了。"

秦幕的眉头微微皱起，又瞬间展开："您儿子多大了？在哪儿工作？"

"二十六了，他妈生完他的第二年就生病没了。我自己把他带大的，他现在在北京呢，工作挺好的，就是太忙了，十天半个月也不打一个电话。"老人有些骄傲也有些落寞地说道。

秦幕:"您没想过过去和儿子住吗?"

老人:"不敢给儿子添麻烦啊,他工作那么忙,刚处个女朋友,我去了也不方便。"

秦幕:"这个面馆开了多少年了?一个人又要做生意又要照顾孩子,不容易吧?"

笑意从老人有些沉重的脸上,缓缓舒展开:"是不容易啊,他四岁就跟着我在店里了,我每天揉面、拉面、配菜,忙得团团转,客人多的时候我得站一天,到了晚上腿都是肿的……我儿子特别懂事,知道我累,从不给我添乱,六岁的孩子就开始自己洗衣服,虽然洗不干净,但也能对付着穿。再大一点儿他就帮我在后厨干活儿,一次他的老师给我打电话,说他晚自习总旷课,我也是第一次知道他们还上晚自习。老师以为他逃课出去玩儿了,其实他是怕我太累,偷偷跑回来给我洗碗……那天晚上我特别内疚,我对他说你就是帮爸爸洗一辈子碗,爸爸也不会太轻松,你得好好学习,考上大学,咱俩才能有好日子过……孩子听完哭了,哭得特别伤心……后来他真的考上了一所很好的大学,然后找到了一份好工作,还会给我钱,再也不用我操心了……可是我会突然想回到他小时候,我忙得团团转,他就围着我团团转的时候……我给他做他最喜欢吃的阳春面,简单的白面条,配上高汤、酱油,他能吃得干干净净……现在,他已经不需要我的面了,也不需要我了……"

老人安静地坐在那里，眼角泛着红，一滴浑浊的眼泪滚落下来……良久，他有些尴尬地笑了笑，继续说道："大夫，我也知道我没什么病，可是我希望我有点儿毛病，这样他就可以回来看看我了……前段时间，面馆不能开门，他也回不来，我一个人在家待了半年，那半年我是怎么过来的呢？我小心翼翼的，不敢摔了不敢碰了，我怕我死在家里没人发现……你知道一碗米饭有多少粒吗？我知道，有三千五百四十八粒。你知道马桶上水需要几秒吗？需要二十三秒。你知道一个正常人可以坚持多久不说话吗？一周，因为那一周我不小心把微信删了，怎么都装不回去，我努力摆弄了一周后才恢复。我就是这么过日子的，一个人，太孤独了……今天是跨年夜，我把店关了，让伙计们早点儿回家陪陪父母，他们的父母应该也和我一样盼着孩子回去。我的孩子回不了家，我希望别人的孩子都能回家……我今天是不是来得不是时候？年轻人，晚上应该有很多活动吧，真对不起，给你们添麻烦了……"

秦幕难得地放下了以往的距离感，表情放松且柔和地说道："别在意，我回去也是一个人，没关系的……其实那个反复做的梦并不难解释，场景回到过去，代表您潜意识里想回到从前的日子；镇子里一个人都没有，说明您内心的孤独与寂寞，无人诉说……还有，梦中您与孩子唯一的关联不是衣服，不是书包，而是一只鞋子，鞋子握在手里像什么？更像一个电话吧，说明现实中你们只能靠电话联系，您很想他……给孩子打个电话吧，聊聊您的面馆，您的琐事，您的心情，都可以，让他知道您在想他。人们在很多时候会忽略自己爱的人，那不是背叛与不爱，只是忘记了，所以要去提醒他……当您做完这件事之后，相信您会睡个好觉。"

伴随着新年的钟声，雪又纷纷扬扬地下了起来，老人踏着雪花步履蹒跚地离开，就像他的孩子小时候那样笨拙，可惜他的身边却没有可以随时搀扶的手了……老人离开之前，秦幕让我把诊疗费退给老人，并感谢他陪我们一起度过了这一年的最后一天。老人很感动，说他的面馆会一直开下去，随时等着我们，也等着他的儿子，热气腾腾的面，要很多人一起吃，才好吃。

……

那天晚上，江舟一点儿也不像从前那个开朗活泼的话痨，他更像一个思念孩子、忧愁满身的父亲，更像无数空巢老人中的一员。他们年尾迎接孩子回家，年初目送孩子离去，剩余的所有时间，都在等待中熬着……他们喜欢沿着路灯走，因为那段路有影子相伴。他们喜欢拿着马扎坐在路边晒太阳，因为那样能与人群更近一些。他们的所有价值都被榨干了，不再被需要，得不到反馈，也失去了目标，但是，他们还有爱……无人问津的爱。

截至 2018 年末，中国六十岁以上人口约为两亿五千万人，占总人口的百分之十七点九。衰老、空巢，对于我们从来不是遥远的事，他们今天少有色彩、少有活力、少有欢乐的生活，也就是我们未来的写照。孤独，从始至终潜藏在我们每个人的心底，它顽固地蛰伏着，伺机消磨我们每个人的灵魂。

芸芸众生，本就各有星辰与荆棘，但请在他们行将就木之时，给予他们一点儿光辉。

食 香

这个世上的道德,不可能像打扑克牌那样,收集了所有的差牌就会变成一副好牌。

——太宰治《维庸之妻》

1

初夏的午后,阳光温和,树叶被风吹得沙沙作响。院子里,一个十三四岁的小姑娘正踩着板凳,将刚洗好的衣服一件件挂在晾衣绳上。晾好衣服后,小姑娘擦了擦额头上的汗水,开心地拿了一根冰棍儿吃,冰棍儿冒着丝丝凉气,入口十分清甜。

鸟儿飞过,扑棱翅膀的声音里好像藏着年代久远的幸福,几朵白云慵懒地点缀着天空,任风吹拂,却半点儿不愿挪动,越发让人感觉安逸闲适。

小姑娘悠闲地吃着冰棍儿，突然感觉哪里有点儿不对，她吃了多长时间了？有二十分钟了吧，可手里的冰棍儿和最初的样子相差无几……她站起身，摸了摸刚才晾晒的衣服，湿漉漉的还在滴着水，可地上淌出来的水已经汇聚成溪流了，那衣服里的水好像永远滴不完似的……她有些诧异，连忙跑回屋子里，看到那个泛黄老旧的木质钟表上赫然显示着一点三十分，可她刚才回房间拿冰棍儿时看了一眼表，是一点二十八分，这么长时间居然只过了两分钟！她惊呆了……一瞬间表盘上的指针飞快旋转，周围的一切都在不停变换，时间和空间都迅速扭曲。当一切混乱停止时，她的视线突然变高了，是的，现在的她已经二十二岁了，不再是小姑娘了，而眼前的钟表也已经从之前的陈旧风格变得精致且时尚。

刚才是怎么了？她明明只是去客厅看了一眼时间，好像就回到过去了，难道是一场白日梦吗？可她确信没有睡着啊……此时，她手里的冰棍儿已经开始融化了，黏腻的糖水一点点流淌到她手上，被她厌恶地丢到垃圾桶里。突然，她感觉胃里开始翻滚，于是跑到马桶处呕吐起来，然而胃里空空如也，什么都没吐出来……她虚弱地站起来洗了把脸，镜子里满脸水珠的女人，瘦骨伶仃，脸颊深深地凹了下去，眼睛深陷，颧骨高耸，眼球大且突出，薄薄的皮肤透出青筋，十分骇人。

她突然想起刚才的小姑娘——曾经那么可爱圆润的自己，怎么就变成今天的样子了啊？

2

江城的冬天一如既往的寒冷，一簇浓云身不由己地被风吹作一团，忽而遮住了太阳，唯一的温暖也消失了，周遭一片阴冷。

这时，一对母女推开了诊所的门，带进来一股寒流，我不禁瑟缩了一下，顿时觉得自己的衣服太单薄了。

母亲四十几岁，穿着干净得体，只是看上去异常疲惫，勉强打起精神回答着小护士的测评问卷。坐在沙发上等待的女儿消瘦，脸色苍白得几乎和她的白帽衫融为一体，嘴唇毫无血色，裸露在外面的手有轻微的抓痕，眼神空洞，神情也略显呆滞，瘦得皮包骨的身躯费力地支撑着沉重的头颅，那是一种肉眼可见的衰弱。

因为预约的时间没到，母女俩安静地在大厅等着，我帮她们倒了水，母亲很客气地跟我道谢。这时，突然一个矮胖的人影推开门冲了进来，径直奔向前台，脸庞上的肉堆叠出的喜色一览无余，不是江舟还能是谁……我一愣，这个活泼的老头儿又来看病了？他拿个餐盒干什么？……我还没反应过来，他就把餐盒塞进前台，用连珠炮般的语速喊着我："姑娘快来吃呀！新鲜的三文鱼刺身，我儿子给我快递过来的！护士你也吃，秦大夫在里面看病呢吧,那你俩给他留点儿,我先走了啊,中午店里人多……"整个过程,我没来得及说出一个字,他就像一阵风一样离开了,肥硕的身躯一点儿也没影响他的矫健……

粉嫩的生鱼片,带着白色的条纹,肥美且整齐地排列在餐盒里,旁边还放了两片柠檬点缀。小护士眉飞色舞地招呼我过来吃,我刚想起身,却看见旁边的女孩儿表情痛苦,眉头紧皱,用手掩住口鼻,仿佛下一秒就要吐出来了。她母亲见状,赶紧拿出一块方手帕帮她垫在手上。这时,小护士也留意到了,马上将餐盒收了起来,并打开窗户换气。

女孩儿叫寥落落,今年二十二岁。我们谁也没有想到,她居然有这么严重的厌食症。三文鱼本身的气味并不重,不放进嘴里都很难察觉,况且她离得又很远,如此轻微的气味都能引起这么大反应,我不禁为她担忧起来。

很快就轮到女孩儿进去了,我拿着她做的一堆量表来到了诊疗室,秦幕边翻看边打量着她。或许是因为长期的营养不良,女孩儿始终表情木讷、精神恍惚。

良久,秦幕从口袋里掏出了一颗奶糖,我看着糖纸有点儿眼熟,摸摸自己的口袋,唉,果然是我的。

他缓缓走到女孩儿身旁,摊开手掌,温柔地问道:"你想吃吗?"

女孩儿木然地点了点头,随后接过奶糖,撕开糖纸放进了嘴里,完全出乎我的意料。接着,秦幕又像变戏法似的,试探着拿出了苹果、花生、牛奶、薯片……女孩儿只拿起了薯片，但对其他食物似乎也都不反感，直到秦幕又掏出了柠檬、奶油、小番茄，女孩儿的表情瞬间就变了，手里的薯片散落一地，嘴里的也吐了出来，我连忙拿出纸巾帮她清理，在触碰到她锁骨的时候，她突然战栗了一下，然后躲开了我。我没多想，转身把那些令她作呕的食物收了起来，心里暗自纳闷儿：这不像厌食，更像挑食吧？

秦幕一直观察着女孩儿脸上微妙的变化，良久，说道："可以告诉我你上次进食的时候都吃了什么吗？"

女孩儿喃喃说道："巧克力。"

"哦，那你帮我看看她，你觉得她胖吗？"秦幕若有所思地把手指向了我，这让我有些尴尬，赶紧收了收肚子。

女孩儿仔细地打量了我一会儿，说道："不胖。"

我暗自松了一口气。

秦幕抬起眉眼，目光淡然地继续问道："那你觉得你自己呢？"

女孩儿有点儿疑惑地回答："我只有八十斤呢。"

……

秦幕："厌食症的典型症状是扭曲的审美，无法对自己的身材做出正确的判断，一味地认为自己胖，刻意地节食减肥，或是催吐、运动，希望自己无节制地瘦下去，然而你没有，巧克力、薯片这些高热量的食物你并不回避，你的声音清脆有力，没有催吐的迹象,并且你也不认为自己胖,你的审美没有扭曲。所以,你不是普通的厌食症,而是对某些特定的食物反应敏感,极为厌恶,并且这种厌恶中还带有恐惧。另外,我发觉你的触觉异常,我在摊开手掌递给你糖的时候,你小心翼翼地只拿起了糖纸的一角,起初我并没在意,后来助理在帮你整理衣服时碰到了你的锁骨,我注意到你很惊慌地向后躲了一下,连你坐沙发的时候都只是坐沙发的外沿,避免大面积接触……所以我很好奇,你经历了什么会让你有这些表现,当然你也可以不说,不过你的这种非典型厌食症,虽然一时半刻要不了你的命,但你会因为营养不良而脱发、牙齿松动、内脏受损,并且你厌恶的食物可能会越来越多,能进食的东西会越来越少。这个病超过三年就很难治愈了,所以,我建议你把心里的症结说出来,我们一起想想办法。"

女孩儿先前空洞的眼神突然有了对焦,她望着秦幕,似乎在思考什么,挣扎了许久,终于说道:"我会好起来吗?"

秦幕:"会的。"

外面的天色,似乎也在陪着女孩儿酝酿着心底的那个难以启齿的秘密,此时更加暗淡了……

女孩儿低下了头,一点点聚集勇气,终于开了口,将过往和盘托出:"我曾经做过一些不好的事,我以为我有足够的勇气接纳它,隐藏它,将它变成一个永远不会见光的秘密,但现在看我错了……当一切结束,我想回归平静生活的时候,它却隐隐地在暗处讥讽我，恐吓我，并随时想要吞噬我。我很害怕，我怕某一天我会死于这个秘密。"

秦幕："可以告诉我吗？"

女孩儿："它是一个秘密，秘密不应该说出来。"

"其实你的秘密并不难猜，你讨厌柠檬、奶油、小番茄、生鱼片，我想还有鲜花对不对，我留意到窗台上的百合花，每次你余光扫到那里都会皱眉，而这些东西放在一起能组成什么呢？而你又为什么那么害怕别人的触碰呢？"秦幕眼波流转，嘴角挂着一丝温柔的笑意，手指自顾自且悠闲地敲打着桌面上盛放咖啡杯的小盘子，镶了金边的精致装饰盘，在昏暗灯光的照射下，发出了诡异的光芒。忽然，他又把目光坚定地落在了女孩儿的身上，笃定地说："你知道吗，秘密一旦被说出来，就再也不具有威胁性了，它会变成你摆在眼前的一个困难，而这个困难远比你想象的要容易对付得多，你随时都可以征服它。"

……

女孩儿沉思良久，终于放下了戒备："高中毕业那年，很多同学都出国留学了，我也很想去，便去求家里人。我家的经济条件普普通通，其实本不应该留学的，但是我妈怕我失望，更怕耽误我的前途，便同意了。欧美国家的留学费用都很高，我没办法，只能选择相对便宜一些的日本。中介说在日本的留学生依靠课余时间打工交学费完全没问题，可是去了之后我就傻眼了，日本作为一个资源匮乏而又发达的国家，消费水平真的很高,每天打满四个小时的工也仅够自己生活,家里为让我出来已经花光了积蓄,实在难以支撑高昂的学费。就在我一筹莫展的时候,一家餐厅公关部的经理联系了我,我以为是招聘服务员,便去了……经理是一个四十几岁的女人,她告诉我他们需要一些特殊的服务员,要经过培训,要内心强大,要严格遵守规则,当然,报酬也相当丰厚。后来我才知道,那是'女体盛',一种把人体当成盘子盛菜的料理形式。刚开始我并没有同意,可是学校催过几次学费之后,我动摇了,之后便是痛苦的开始……

"我和其他五个女孩子一起参与了培训,第一天就要求我们只穿内衣平躺在冰凉的石板上,在身上的六个部位各放一枚鸡蛋,要保持两个小时,但凡鸡蛋动了,计时器就要从零开始……一整套训练下来,四肢已经僵硬麻木了,需要别人搀扶才能从石板上下去……每天都像受刑一样。一个月后,坚持下来的只剩我和另一个女孩儿。

"如果说培训是一种摧残,那'上菜'绝对比培训痛苦千万倍。

"'上菜'之前都要进行一个小时的细致'净身'过程,为了避免在'上菜'的过程中出汗,室内的温度会被调到非常低,一般人根本适应不了……'净身'结束之后,再由工作人员把重点部位保护起来,然后是厨师进行布菜装饰……第一次'上菜',我的心理压力太大了,每一秒都想要逃走,可是我不敢,因为违约金太高,我还不起……当我终于被展示在食客面前时,我觉得我自己才是真正的'菜'……檀木筷子在我身上不断游走，每一下触碰都让我异常紧张，四周热切专注的目光，伴随着屏住的呼吸，外加客人偶尔的调笑，以及酒杯、瓷盘碰撞的声音，都在我心里被无限放大……那顿饭持续了一个小时，对我来说每一秒都是精神上的酷刑。这样的日子持续了一个月，我拿到了足够缴学费的钱，合同也到期了，我就迅速离开了。

"之后没多久，我就感觉到了身体的不舒服，起初是对生肉类和大部分水果感觉恶心，到后来煮熟的肉和一部分青菜我也吃不下了……直到现在，我只能靠吃一点点饼干、巧克力维持体能，饭菜的味道闻都闻不了。我很害怕，这样下去我会死吧？"

秦幕皱着眉，眼神专注又严肃，他在仔细思量着女孩儿说的旧事，过了一会儿，他没有回答女孩儿的问题，而是继续问道："除此之外，你还有什么症状？"

女孩儿："我……我偶尔会精神恍惚，好像一下子回到了小时候，就像做梦一样，但又不大一样，那种感觉很真实，也很快乐，在那种状态里，时间过得非常缓慢，几乎要停滞，然后在某一刻我又会清醒过来……"

秦幕："好的，我知道了，你不会死的，如果你肯对我毫无保留的话。记住，我说的是毫无保留。"

女孩儿有些惶恐地盯着秦幕："你……你什么意思？"

秦幕："据我所知，你在日本没有完成学业就提前回国了，可是你明明已经拿到学费了,并为此付出了那么大的代价,为什么?厌食症在日本同样可以治疗,留学生的签证费用里还包括了保险,你可以报销大部分的金额……还有,你之前所说的一切都属于诱因,是环境对你造成的影响,并非根源,因为你在说的时候,我看不到你眼中的惶恐,你始终规避了最真实的源头。这个源头应该是对你伤害极大的,是你一直想逃避忽视的,它可能是一件事,也可能是一个人……有些伤口看着已经结痂了,但其实里面还化着脓,不揭开是不会好的。所以,你想揭开吗?"

女孩儿心底的那根刺,就像一棵有毒的参天大树,根系已经在心头扎进了三尺,稍有异动,就会拉扯着她的血肉和全身的经脉,让她痛不欲生,被秦幕这么单刀直入地剜出来,她紧绷的神经终于崩溃了。

她的嘴唇不自主地颤抖着,眼神焦灼却没有聚焦,两只手狠狠地抓住前面的头发,顺势捂住脸,不住地念叨着:"没有,没有,什么都没有发生过,我要走了,要回家了,回家洗澡,对,洗澡……"她颤颤巍巍地要从沙发上站起来,可是因为长期的营养不良加上情绪激动,脚步虚浮,一头栽倒在地上。我赶紧把她抱到沙发上,她的眼泪不住地流着,我拿着纸巾帮她擦拭,可是怎么擦也擦不干……

秦幕没有催,他在等待,也在赌,赌女孩儿一定会迈过这道坎儿。

指针在一分一秒地走着,仿佛过了一个世纪那么长,女孩儿的眼泪也流干了，她终于平静下来，缓缓开口："我刚到日本时很不适应，所以很多时候会请教我的语言老师，他是一位三十岁的日本男人，儒雅绅士，笑起来让人如沐春风，总是带着用不完的亲和力……我们的第一节课是自我介绍，当时他发觉我的日语基础不好，就在课下用小本子记录下了我生活中可能会用到的句子，并陪我反复练习。后来他得知我经济状况不太好，还主动帮我联系适合留学生打工的餐厅。我的性格比较孤僻，不能融入集体，他还特意让几个比较活跃的同学多照顾我一些……无论学业还是生活，他都给了我很大帮助，我对他有崇拜，也有爱慕。我从小生活在一个单亲家庭里，很少有父亲的陪伴，他对我来说像父辈，也像爱人，我以为这份暗恋会一直藏于心底，直到一次'上菜'时遇到了他……那是最后一天，做完那一次我就可以彻底离开了，然而没想到就是那最后一次，我遇见了他……他一开口我就听出了他那沉稳又略带磁性的嗓音，我戴着彩绘的面具，所以他并不知道是我，但我还是很慌张，我努力地安慰自己没事的，不会被认出来的。是的，他的确没认出我，而我却认出了他复杂人性的另一面……那天他和三个男性朋友一起来，他们喝了些酒，开始兴奋起来，不守规矩的举止越来越多，站在门口服务的工作人员也不敢阻止，只能小心翼翼地提醒……曾让我那么崇敬的老师，就在那种情形下，卸下了温柔得体的伪装。他嘴里不断开着一些低级的玩笑，挑逗着我，旁边的人也跟着起哄，后来他更是恶意地用筷子夹起了私处的饰品，幸好被工作人员及时阻止了……我已经不记得那天是怎么结束的了，脑袋都是蒙的，我心中的信仰就这样崩塌了……回到家之后，我不停地洗澡，我觉得我整个人从里到外都是肮脏的……我再也无法面对他，也不想再留在那个地方了，之后我便休学了……"

女孩儿颓然地坐在那里，某种无法言说的愤怒与痛苦山呼海啸地炸裂开来，就像虔诚的信徒看到自己供奉的神像被泼了粪水，可偏偏那粪水是神自己泼的……她终于在百感交集中，用尽了最后一丝力气。

秦幕始终神色淡然，一如既往地保持着不近人情的冷静。

"你心底的症结真的是对他的失望，抑或是对导师、对爱情的失望吗？都不是，我想真正的源头是你的父亲。你为什么想要去日本？因为你的父亲在那里，你想去那里寻找缺失的爱。我从你母亲的口中得知，你刚到日本时就去找了你父亲，可是他避而不见，把你当成一个大麻烦，一个随时会开口跟他要之前那些年抚养费的定时炸弹……这时，你的老师突然出现了，一个睿智、成熟又温暖的男人，你把他当作你父亲的一个化身，并在潜意识里把他完美化了。你现在回忆一下，在你们之前的接触中他真的就那么毫无瑕疵吗？还是你刻意地淡化、忽视了他的缺点？

"你的那个梦，也是有源头的，源头依旧是你的父亲。在你十几岁的时候，父母就离婚了，你没有得到完整的父爱……你在潜意识里非常怀念小时候，你希望能够回到那个时期，让时间过得慢一些。然而,梦里时间虽然缓慢却没有停滞,为什么?因为你对未来还抱有幻想和希望,你还没有完全死心,即便你的父亲冷漠得可怕。

"父母离婚,那是你父亲第一次抛弃你;你远渡重洋去找父亲,他却避而不见,那是第二次抛弃;而你老师的本性暴露,你在潜意识里把它当作父亲的第三次抛弃,这三次人生重创你都毫无招架之力……然而即便如此,你对父爱却依然抱有幻想。庙塌了,可是神还在,人都是这样,越是求而不得,越想拥有……你终于倒下了,你病了,你会做白日梦,要知道白天的梦和晚上的梦是不一样的,白天是在躯体清醒的时候产生的幻觉,时间久了,你会慢慢分不清哪些是真实的,哪些是幻想的,甚至你更愿意停留在幻想的世界里,不想出来。此外,你还得了厌食症,你不仅对那些曾附着在你身上的食物过敏,你还对你自己的内心过敏。你厌恶自己,每天不停地洗澡,觉得自己肮脏、恶心、不配得到爱……可你从没想过一个单亲母亲把你抚养长大,要付出怎样的艰辛,她已经把亏欠你的父爱几倍地给了你,可你却视若无睹……'女体盛'的确让你非常痛苦,可它却不是你的心魔,你的心魔早在幼年时就存在了……所以,你现在想和童年时的自己对话吗?"

女孩儿怔住了,或许她从没想过困扰了自己多年的症结在哪里……她有些吃力地开了口:"我……我可以吗?"

秦幕没有直接回答她,而是搬来了一个椅子放在她旁边,然后引导她想象这上面坐着一个小女孩儿："你看，她只有六岁，有些瘦弱的肩膀还在瑟瑟发抖，闪躲的眼神代表了她毫无安全感，她身上的花衬衫已经洗得褪了色也舍不得丢掉，她那么弱小，那么无辜……寥落落，现在你要做的就是看着她，然后告诉她：你不配得到爱，你肮脏、丑陋、遭人厌弃，你就不该活在这个世界上！"

"啊，不，不……我做不到……"寥落落哭得歇斯底里。

"为什么做不到？难道不是吗？她如果配活着，那你手腕上一刀刀的割伤又是怎么来的？！"秦幕突然眼神犀利起来，一把拉起寥落落的衣袖，刺眼的陈年旧伤，就这样暴露出来。

眼泪冲洗了一切，这世上不是每个人都能幸运地拥有一个完整的家，她就没有。在漫长的岁月里，她遭受了无数人的嘲笑和白眼，有些人觉得她好欺负……她日复一日地期待着父亲能来看看她，可他始终没有出现，哪怕明知她在日本已经走投无路时，也没有伸出援手……他让她觉得，自己不配得到爱。

那天晚上，在寥落落的眼泪流尽了之后，秦幕尝试着引导她去拥抱那个可怜的小女孩儿，那个童年时孤苦的自己。自爱，本来就该在童年时建立，但是她错过了那个时机，并对自己形成了错误的自我评价，这种自我评价在日后的成长中不断加固，最终形成了一个扭曲的逻辑。

我想未来她需要很长时间去重建自己的内心，去学习善待自己，去把年轻时走过的弯路总结成一段教训，不过还好，她还有很多时间去迎接新生。

女孩儿走后,我问秦幕,她的厌食症什么时候会好,他说她厌恶的根本不是食物,而是行差踏错的自己,只有她接受自己才会好,这个时间应该不会少于半年。另外,从"行差踏错,干戈寥落"这个说法看,寥落落这个名字不大吉利,她爹肯定没文化。

……

漫长的冬夜里,有人声色犬马,有人误入歧途,有人寻寻觅觅找不到家。

1977

> 因为人生太苦啊,不怪命就要怪自己,怪自己心理容易出问题,所以还是怪命。
>
> ——长洱《犯罪心理》

1

寒风袭来,早已枯萎的树叶萧萧落下。

一个挺拔清秀的年轻男人在冷风呼啸中奔上街头,穿过人群,走过广场,最后来到一条繁华的商业街上。霓虹闪亮的店面之间,有一家灯光瓷白,毫无装饰,隐约泛着清冷的气息,那是本市收费最高的心理诊所。

男人二十七八岁的样子,身着黑色毛呢大衣,在牌匾下驻足良久,他心底隐匿的情绪太多了,他不确定自己应不应该走进去,也不确定这里到底能不能帮到自己……然而,要从深渊中拉扯出一个灵魂,除了那个人,他想不到还有谁有这个能力。

很快,大雪袭来,将天空渲染成一片苍白,像极了有些人无力的人生……

2

一转眼,我在秦幕这儿已经一年了,渐渐适应了这样的生活,虽然偶尔也会困惑,也会纠结,但更多的时候还是加深了对这个世界的理解。

很多年以后,秦幕在一次酒后跟我说:"江子,不该让你做我的助理啊,你啊,能守住你的家业,衣食丰足就行了,这人间是个什么玩意儿,你看它做什么?"

我想秦幕是痛苦的吧,他的痛苦源于他是一名优秀的精神科医生,但他的遭遇无法匹配他的优秀,是的,他被灌入了太多阴暗与糜烂,以至于最后无法剥离。我希望他终有一天能等到他的救赎,就像那么多人都能等到他一样。

……

早上九点,诊所迎来了一位患者家属,那是个斯斯文文、颇为帅气的男人,不知道为什么,我觉得他有点儿眼熟。他很客气地说明了来意,因为患者情况特殊,想请医生出诊,我委婉地拒绝了,可他一再坚持,没办法,我只能带他去见秦幕。

男人仔细打量着眼前的大夫,嘴唇微抿,眉头轻皱,更像一种审视……眼神中似有流光划过,心底的夙愿不由自主地流露出来,打破了一切精心的掩饰。

秦幕此时并不着急,漫不经心地等待男人对自己细致入微的解读,嘴角还挂了一丝若有若无的笑意。

良久,男人终于开了口:"秦大夫,你好。我叫唐孝泽,也是一名大夫,不过我是一名急诊科大夫,实在不擅长洞察人心。所以这次冒昧地想请您去看看我父亲,没办法,老爷子出行实在是不方便。"

秦幕低下头,修长的手指扶了扶金丝边眼镜,再抬起头时脸上尽是为难与抱歉,不过这份抱歉摆出来更像是应景的,丝毫看不出真诚。有时候我觉得秦幕不像一个好人,行为乖张,做事随心所欲,骨子里透着一股子凉薄,可他却分明救赎了那么多人。可见,世间万物不能全凭肉眼去看。

终于,他把表情渲染完了,也给对方留足了台阶,缓缓开了口:"真是不好意思,按理说老人家不方便我确实应该去,但是我给自己立过规矩,就是不出外诊。规矩一旦坏了,我就变成'行脚医生'了。还有,您预约的时候,我看过资料,老爷子现在各器官都有退化迹象,病得不轻,和我相比,我觉得他更需要您。并且,您确定他真的有心理疾病吗?"

唐孝泽有些窘，但仍不想放弃："实不相瞒，我父亲并没有心理问题……他时日不多了，可能撑不了几天。他这一辈子太苦了，遗憾了半辈子，我不想让他临走还有什么放不下的，所以，你……你能不能帮我，让他最后能圆满点儿，哪怕一切只是个梦，我也想让他带着美梦离开……"

秦幕挑了一眼眉，有些严肃地问道："你说催眠？"

唐孝泽："对。"

秦幕："对不起，帮不了你。"

唐孝泽："为什么？"

秦幕："对医生来说，有些事能做，有些不能做，你应该明白。"

唐孝泽："我就是明白，所以我觉得应该去做！"

秦幕缓缓起身，神情冷漠，目光逼人："你走吧，我不会去的。"

唐孝泽也急切地站了起来："我是楠柯的主治医生，她临终时也是我主持抢救的！"

我一怔，怪不得觉得他眼熟啊，原来真的见过。

秦幕："那又怎么样？"

唐孝泽："那天，我看到你一直守在病床旁，你让她盯着你的手表，在她耳旁低语……然后，她就睡着了，她的眼球转动很快，我知道她在做梦。我虽然不是学心理学的，但我也明白你在给她催眠……她走的时候，嘴角上扬，面目温柔，那是我救治她半年以来，第一次看到她那么平静幸福、了无牵挂。所以，请你也帮帮我。"

秦幕："你以为我破过例，就无所谓了？就会理所当然地也为你破例？唐先生，谁都有不得已的时候，你这样未免让我太为难了，而且我去了也未必能如你的意。"

"秦医生，你可能不知道……1977年，也是恢复高考的第一年，我父亲考上了大学，那年他才二十岁，已经在地里干了四年活儿了……在这四年里，不管多苦多累，他都没放弃过学习，终于让他等到了，可是却因为遭人嫉妒，被诬陷猥亵村里一个五岁的小女孩儿……那个小女孩儿当时吓坏了，记不清罪犯的脸，在几个所谓村干部的引导下，指认了当时在地里扣野鸡的我父亲……七十年代的大学生，多金贵啊，就这样被剥夺了入学资格，关了一年的牛棚，还记入了档案，连未来参加高考的资格都被取消了。后来他试图去找女孩儿的家人讨个说法，证明自己的清白，可是那家人出事之后就搬走了……他的人生就这样被毁了。在我的印象里他一直都是郁郁寡欢的，这辈子都没有真正开心过……现在他的日子不多了，我不想让他带着遗憾走。"唐孝泽眉目间写满了悲痛，眼底隐约有泪水波动，满脸怅然若失。

……

秦幕表情有些凝重，眉头的郁结久久没有舒展开。许久，他终于叹了一口气,说道:"我考虑一下,晚点儿让助理回复你。"

唐孝泽似乎看到了希望,有些哽咽地说了声"谢谢",便转身离开了。我送他出门时,他的脚步有些踉跄,我想这个心结,不仅困扰了他父亲一辈子,也可能困扰了他自己一辈子。所以,我觉得秦幕这次一定要帮忙。

再次回到诊疗室,我急切地问道:"你准备哪天去?"

"我什么时候说过要去了?"

"你不打算去?"

"嗯。"

"你说过要考虑的!"

"我那是打发他走。"

"秦幕,你的心是盲的,眼是瞎的吗?他的父亲一生都被毁了,难道不该帮帮他吗?"

"这么有热情你怎么不自己去?你以为给临终的人做催眠那么容易吗?他们的意识普遍都很涣散,身体机能也在退化,不一定能够配合医生。还有,催眠是治疗心理疾病的,不该用在这种事上,这不符合我的专业精神。你今天怎么这么聒噪,不会是看上他了吧?"

"秦幕,你能不能正经点儿?!这件事情又没有伤害到别人,为什么不能做呢?医生本来就该救人的,救赎也是救啊!"

……

在我的据理力争下，他最终还是同意了。我也清楚他的顾虑，但是我觉得我们总该用自己的萤火之光，尝试着去与日月争辉，尽可能地为这个世界增加一丝温暖和善意。这不是大义，这只是人性。

三天之后，我和秦幕来到了市第一医院重症区，就是送楠柯走的那个地方。想到这里，我心底不免有些感伤，如果真有轮回，她现在已经拥有新生了吧？

苍白的走廊里，是凌乱的脚步声和刻意压低的谈话声，浓重的消毒水味儿弥漫在本来就窘迫的氛围中，病房里持续地传出仪器的声响，仿佛在给每一位心绪难平的患者进行生命倒计时。穿过一眼望不到头的长廊，我们跟随唐孝泽来到了他父亲的病房。那是一个环境清幽的单间，窗台上的百合花正在盛放，花香四溢，水蓝色的窗帘在微风的吹拂下沙沙作响，床头柜上摆放着几本国学典籍，看得出家人照料得十分精心。

躺在病床上的老人身体消瘦而衰老，眼角微微下垂，头发已经花白，脸上的皮肤十分松弛，一脸愁容，其实他也不过六十几岁啊……

老人叫唐鹏，生病已经半年了，以为我们是他儿子的朋友，勉强打起精神和我们说话，慈祥的笑容一点点荡漾开，脸上的纹路也舒展了。他细细说着儿子小时候的趣事，很欣慰儿子能够完成学业，成为一名医生，他觉得这也算是弥补了自己年轻时的遗憾……他慢慢说着，秦幕偶尔会询问几句，后来就是秦幕在说，老人安静地听着，终于，老人缓缓闭上了眼睛……我知道，催眠成功了。

3

天空蔚蓝，远山含黛，初春的风带着单薄的温暖，催得地上的青草郁郁葱葱。

一个眉目清秀的小伙子，躺在草地上睡着了，山腰上他的同伴大声呼喊着他："唐鹏，快起来，你的牛走远了！"

小伙子一下子惊醒了，抬头望了望天空和大地，又仔细打量起自己这身洗得发白的绿军装，以及平滑细致、毫无褶皱的手，整个人震惊地跳了起来，惊得一句话说不出来。这时他的同伴已经跑了上来，指着逐渐走远的牛冲他一顿嚷嚷："愣着干吗呢，赶紧追啊，牛跑了你拿什么赔给生产队？！"

这个叫唐鹏的小伙子，此时整个人都是蒙的，但也跟着追了上去，两个人合力把牛拉了回来。同伴和他年纪相仿，叫虎子，是他为数不多的朋友之一。两个人都因为家庭成分不好，被村里人排挤欺负，日子过得相当艰难。

唐鹏仅用一天的时间，就接受了满墙的标语海报，接受了看不到大米饭的大锅饭，接受了没有任何通信工具，只与朝阳、晚霞相伴的日子，接受了自己穿越回四十年前的现实。

村里那些人还是从前的样子，时不时地就要说些酸话挤对他。排队领工具时，会有人说："这可是准大学生，咋能和我们这些粗人一起干这个活儿呢？"在食堂打饭时，会有人说："一肚子的墨水，还能吃得下饭吗？"记工分时，也有人鸡蛋里挑骨头，硬是想办法扣去一两分……虎子经常为他打抱不平，可他根本不在乎，他知道这一次自己早晚会离开这里，外面天高海阔，那里才是属于自己的地方。

日头高照，和风送暖，在没有经过工业化洗礼的时代里，唯有鸡鸣鸟叫响彻村落，那也是大自然最纯净的声音。

此时，唐鹏正一个人站在挂历前发呆，嘴里默默念叨着："到日子了啊！"

"瞎琢磨什么呢？赶紧拿上簸箕跟我扣野鸡去，扣着了咱俩去后山烧……我今天可是从我爸那儿偷来了一瓶好酒，哈哈！"虎子边说，边得意地把酒往怀里塞了塞。

"我今天有事，不去了，你自己去吧。"唐鹏说完便转身回炕上挑黄豆，虎子有些不愿意，嘴里嘟囔了几句走了。

圆滚滚的豆子，中间还夹杂着一些残破的和发霉的，像极了自己从前破败的人生。唐鹏一颗一颗地把那些腐坏的豆子挑拣出来，似乎也将一个全新的自己剥离出来。

那天，唐鹏从晌午挑到日落，没出过门。在去大学报到之前，他都小心谨慎地过日子，对于重来一次的机会，他无比珍惜,幸好日子一切如旧,平静且安稳。

这一次,唐鹏顺利地进入了大学,他的命运终于改写了。面对这个各种新鲜思想汇聚、各种文化知识碰撞的校园,唐鹏心潮澎湃,珍惜每一秒去学习,去融入。大学四年,他不仅担任了学生会主席,还组织了诗文书社、朗读会等文化团体,在毕业时顺利地留校任教。此后,他考研读博,参与各类科研项目,教授学生,桃李满天下,获得了无数的荣誉。

晚年,他开始关注各种慈善组织,不仅捐出了自己的积蓄,还呼吁自己的学生一同参与。

他的这一生,十分充实,影响了无数人,将自己的人生意义无限放大。油尽灯枯之时,他躺在病榻上,面对死亡毫无惧色,或许是无憾亦无惧吧……病房里摆满了学生、旧友送给他的鲜花,在满室的花香中,他安详地闭上了眼睛,嘴角微微扬起。

他的灵魂,终于得到了救赎。

4

再睁开眼睛时,水蓝色的窗帘正轻抚着窗棂,百合花依旧在盛放,这场美梦结束了,唐鹏的泪水默默流下,他终于可以释怀了。

得知一切之后,唐鹏紧紧拉着秦幕的手说着:"谢谢你啊,谢谢你。"真实和虚幻很多时候并不重要,重要的是他看到了,也体验到了他本可以拥有的人生,这便足够了。

或许是因为解开了心结,唐鹏居然开始一点点好转,逐渐可以勉强下地活动了。一个月后,医生安排他出院回家静养了。

缠绵病榻这么长时间,他已经许久没回过家了,老伴儿几年前就没了,儿子也不在老房子住,家里的物件早已蒙了尘。一日,风和日丽,唐鹏拿出小马扎坐在院子里,边晒太阳,边整理东西。阳光温柔,清风送爽,门口的老槐树不动声色地看着这个院子里岁月流逝的模样,厨房里小火煲着的汤正咕嘟咕嘟地冒着气泡……老人打开旧匣子,一张一张翻看着里面的老照片,不知不觉地笑了。照片下面有一个布口袋,唐鹏很好奇,印象中好像没见过这样一个东西,他小心翼翼地打开口袋,原来里面是一条旧手帕,手帕似乎曾擦拭过什么,上面有一些褐色液体的痕迹,一时间,一些记忆画面像惊雷似的闪现在唐鹏的脑海里……

谷仓,小女孩儿,哭泣,地上的衣物,口袋里掏出的手帕,愤怒的人群……

在那个闭塞的年代,在那个荒芜的小山村里,年轻的一代人感受着青春的悸动,包括唐鹏。他性格内向,少言寡语,青春期荷尔蒙的躁动让他十分不安,时常陷入欲望的旋涡……他像一个手持火种的孩子,没有接受过正确的性教育。

那天，他原本和虎子一起去扣野鸡，虎子带了酒，两个人边吃边喝，一瓶六十度的高粱酒很快就见底了。虎子喝完便躺在地上睡着了，唐鹏迷迷糊糊起身去撒尿，无意间看到小女孩儿独自在谷仓里捉蛐蛐，便跟了进去……而后，小女孩儿的哭喊声引来了村民，人们拿着锄头、镰刀冲了进来，将试图逃跑的唐鹏狠狠按在地上，这个准大学生的人生就这样被改写了……

唐鹏想起了一切，惊慌得嘴唇都在抽搐，双手不停地颤抖，那块肮脏的手帕像潘多拉盒子一样释放了所有的罪恶……他害怕极了，他欺骗了自己这么多年，心安理得了这么多年，却在这一刻被揭穿了。慌乱中他一屁股坐到了地上，血液迅速凝结，身体仿佛僵硬了一般动弹不得。此时锅里的汤已经快熬干了，可火焰还在不可抑制地燃烧着，直到"砰"的一声，大火吞噬了一切。

5

一阵北风吹来，窗帘张狂地刮倒了装有百合花的花瓶，花瓶掉落到地上，顷刻间"砰"的一声四分五裂，唤醒了床上的唐鹏。

是的，这一次他终于清醒了过来。然而，大梦一场之后，到底是救赎，还是陷入更大的悔恨呢？

醒来后的唐鹏，老泪纵横。他望了望眼前的年轻医生，在对方颇为精致的脸上，没有愤怒，没有鄙夷，也没有怜悯，有的只是漠视，那是一种让人绝望的平静。他没有说一个字，只是摆了摆手，让身边的人都离开，然后独自一个人陷入了回忆的痛苦中……

三天后，唐鹏去世，想来是解脱了。

6

夜晚的江岸边，有一端在月光下，另一端沉浸在黑暗里，犹如我和秦幕各自隶属的两个世界，我永远看不清黑暗中的他，他却总能将光亮下的我看得通透。这种感觉非常不好。

"秦幕，你从一开始就知道唐鹏并不冤枉。"

"你觉得我是算命的吗？……很多时候，人们更倾向于相信倾诉方的信息，因为他们就在我们身边，他们的语气、情感更容易感染我们，可事实往往未必如此……即便是村干部因为嫉妒误导小女孩儿指证了他，孩子父母难道会放过真正的罪犯，只为诬陷他吗？就算父母被迷惑了，难道日后在孩子的只言片语中，不能得知事实吗？没有细节的真相，就不是真相。他的理由说服不了我，所以我并不想管。"

"那你最后为什么还是同意了?"

"因为你说过'救赎也是救',如果他真的被冤枉了,我是一名医生,不能不救。你还说过'这件事情又没有伤害到别人,为什么不能做呢',如果他不是被冤枉的,我想告诉你这件事到底伤害了谁,伤害了那个小女孩儿。他本来就应该在遗憾、痛苦中了此一生,为什么我要给他创造一个完美的梦境,让他了无牵挂地离开?他不该赎罪吗?"

"所以呢……你究竟是在什么时候发现他做了这一切?"

秦幕的桃花眼望向远方,风吹拂着他有些凌乱的头发。

"我给他安排的梦境是,那天他没有出门,没有和同伴去扣野鸡,因此躲过一劫。可是让我奇怪的是,他给我的答案却是那天村子里安安静静的,什么也没发生。为什么?梦境也有它自身的逻辑,除非他潜意识里明白他不去做这件事,这件事就不会发生,所以很有可能就是他做的……其实,我本来可以在他躺在布满鲜花的病房时唤醒他的,那么一切会如他所愿。但是我想知道真相,所以我创造了第二重梦境,引导他出院,回到熟悉的环境,挖出真相。"

"秦幕,我像个傻子吗?"

"没关系,你也赤诚善良。"

……

真相是什么?真相就是无底洞的那个底。很多时候,人们并不愿意去探究,他们只相信他们愿意相信的。所以唐鹏自我欺骗了四十余年,唐孝泽坚信了父亲二十余年。因为在他们看来,日子比真相更重要。因为情绪一旦占上风,理智就再也不会赢了。

错

> 我们刚干完一件卑鄙的事情时,那一刻心里并不觉得难受。但是随着时间的流逝,当再次忆及此事的时候,我们的良心就会备受折磨。因为有关丑事的记忆永远不会消失。
>
> ——卢梭《忏悔录》

1

夜晚,江城三环路。

一辆灰色的轿车在公路上疾驰,驾驶员是个年轻男人,眉头紧蹙,神情略显烦躁,后座上躺着一个酒醉的中年女人。女人身材臃肿,头发凌乱,好像很难受,边哭边骂着什么。她失态的样子让年轻男人和副驾上的中年男人都更加烦躁,不过还好,这个烂醉如泥、聒噪市井的女人，很快就会跟他们毫无瓜葛了。

华灯璀璨，如织的人潮和车流在这座充满欲望的城市里涌动，他们都在寻找自己的下一站。有些人到站了，而有些人，则永远抵达不了。

2

又是一个寒冬，真好，我终于可以理所当然地把自己裹在被子里，短暂地与这个喧嚣的世界隔离开。遗憾的是，冰雪消融后，总要迎来春天，每个万物生长的春天，对我来说都是那么难熬。

我叫成郁，毕业两年了，现在是一名广告设计师，独自生活在这个偌大的城市，这让我时常感觉到孤独。

我一直小心翼翼地活着，可还是生病了。我开始失眠、心慌、幻听，头发大把地掉，后来客户也不再用我的设计稿了，他们说我的色彩太阴暗了……当医生告诉我"抑郁症"这个词时，我的第一反应，是问他需要花多少钱。一个人穷怕了，就会这个样子。

也是从那时起，我才知道原来我的失眠、疲乏、注意力不集中、食欲不振等一系列症状都是因为抑郁，原来，我已经病了很久了啊。

有时候我会想替造物主杀死我自己,因为我没办法善待它给予的这条生命。我唯一能做的就是大把地吃药,然后让自己活下去,哪怕我已经疲惫不堪。

转眼间,我已经吃了一年药,苦不堪言。

马普替林,有镇静作用,但可能引起便秘、视力模糊、眩晕、皮疹、体重增加。

米安色林,抗焦虑,对躯体僵化也有一定作用,但可能引起白细胞减少和癫痫。

米氮平,改善睡眠,增加食欲,但长期吃可能诱发帕金森病,四肢麻木抖动。

……

没有阳光的时候,我会在大街上游荡,我极其渴望那些疾驰而过的汽车把我碾碎,我经常幻想自己支离破碎的样子,也可以说是"肢"离破碎。在我看来,肢体更像是困住灵魂的牢笼,只有破碎了,灵魂才能自由。

我以为日子会一直这样过下去,直到再也过不下去的时候。直到一天我妈给我打电话,说我爸要再婚了。他们离婚五年了,我想是时候了。还没等我说话,她就泣不成声了,我知道她等了我爸五年,而我爸等了另外一个女人五年,我则在他们中间周旋了五年,实在是太累了。

这就像一出荒诞剧,而我是这部剧中最讽刺的角色。很多时候,我在想,这部剧究竟什么时候才能落幕呢?其实不该急的,因为已经接近尾声了。

一个月后,警察局给我打电话让我回家,别的什么都没说。十个小时的车程,我以为会看到我妈泪眼婆娑的样子,然而并没有。因为她的眼球已经摔烂了,确切地说,她整个人都摔烂了,警察花了很长时间才把她的尸体找全,勉强拼凑起来。我妈可真狠啊,二十层楼说跳就跳了。

……

在那之后,我去了一个小村子教书,大夫说与大自然和孩子在一起,对我的病有好处,我差点儿信以为真。

短短两个月,我就坚持不住了。教室里的阳光和孩子们的笑脸,像一团火一样,要把我焚烧殆尽。一切有生机的东西都让我无比难受,我想我已习惯了黑暗,早晚会融进黑暗……

那天,天气出奇地好,我站在太阳底下心慌得厉害,一阵阵和煦的风,似乎要把我的伪装掀开,将斑驳丑陋的内心公之于众。我不停地奔跑,跑到浑身瘫软,终于快到我的宿舍了。

在路过隔壁农户门口的时候,我迟疑了一下,然后拿走了他家用来杀害虫的农药。回到我的小床上,我头脑一片空白,然后一饮而尽,瞬间五脏六腑都在疼痛,真好啊,就要解脱了。

……

可惜,我失败了,最终还是醒过来了。那瓶农药是稀释过的,经过漫长的折腾后,我的胃部痉挛,又吐出了一部分,药效减弱了……后来原本万里无云的天空,突然下起了暴雨,隔壁农户匆匆回来后发现我的窗户开着,大雨灌入室内,便过来看看,恰巧救了我。

之后,女朋友把我接回了江城,她没直接带我回家,而是去了墓园拜祭我妈。

我妈的墓碑在园子的一个角落里,上面蒙了尘,她拿着纸巾一点点地擦拭。我有些不耐烦地说:"擦它干什么,一会儿下雨又脏了。"

她停下了手上的动作,沉默了片刻,然后异常平静地说道:"是啊,擦它干什么,人都不在了……成郁,你好好看看,人死了除了这一块破石头还能剩下什么?她要是看到你今天这个样子,就算进了炉子也要爬出来!"

那天,在冷风呼啸中,我蹲在地上号啕大哭,哭声里有对父亲的鄙夷,有对母亲的怨念,也有对生活的失望。

……

如果这是一篇"鸡汤"故事的话,那写到这儿我应该清醒了,然后回归正常的生活,摆脱病魔与梦魇。可惜这不是故事,这是真实的生活,我还在抗抑郁的道路上举步维艰,在一起多年的女朋友也因为负担不了我沉重的人生而离开了。但是我不再想死了,我曾那么努力地去接近死亡,可是还是失败了,或许冥冥之中我注定要活下去,让虚无苍凉的人生丰满一些,温暖一些,才可以顺利离开。

3

回家之后,我爸对我展现出了久违且十分刻意的父爱,让我感到异常别扭。有时我会跟他打趣"不用对我这么好,我明明就是你追求真爱路上的一颗绊脚石"。事实的确如此,当年为了不让他俩离婚我没少折腾,可我爸用实际行动证明了"爱情比天大"这个逻辑。如今,苦命鸳鸯终成眷属,我终于沦为了一个可耻的配角。

或许是被我的萎靡不振、喜怒无常逼得没办法,我爸带我去看了心理医生。这些年我看过的医生不少,说实话,我已经有些厌倦了,但我还是配合他去了,毕竟谁也不想半死不活地活着。

这家心理诊所在一条繁华的商业街上,据说很难预约。前台的护士有些聒噪,带着我做了一系列冗长且无趣的测评问卷。半个小时后,我终于进入诊疗室,见到了医生。医生比较年轻,瘦瘦高高的,皮肤白皙,五官棱角分明,瞳孔里像蒙着一层薄雾,不知是深渊,还是洞察人心的狡黠。

屋子是简单的黑白灰色调,一尘不染,还放着钢琴曲,旁边的女助理在细心地整理着材料,几缕碎发从耳后散落下来,看着很温柔的样子,有些像我的女朋友……我有些恍惚,意识到自己的失态，我开口说道："不好意思，你的助理长得很像我一个朋友。"

医生温柔地笑着说："没关系，那真是有缘。你和这位朋友关系怎么样？介不介意聊聊她？"

我："不好意思，我们现在已经没有联系了。"

医生："成年人之间的相处就是这样，会不断结识新的朋友，也会丢失旧的朋友，不像家庭关系那般稳固，我们永远不会丢失父母，哪怕他们已经不在了，你说呢？"

我："有血缘关系就永远不会丢失吗？亲子关系真就那么牢不可破吗？如果真是这样，我想我今天就不会坐在这里了。"

医生："不好意思，这个话题好像让你不舒服了。但我看得出，你的父亲对你非常关心，不是吗？"

我："关心？我在悬崖边上挣扎的时候，他没有拉我一把，我死后他来哭坟了，就能证明他关心我？"

医生："可你并没有死，至少我眼前的你，年轻，有才气，受过高等教育，你可以活得很好。"

我："死亡，指的不仅仅是肉体，也包括灵魂，灵魂都死了，还要这个皮囊做什么？"

医生："血肉之躯，怎么会没用？坦白说，你的病并不容易治。我看过你的病历，你的病程比较长，已经进行过几个疗程的治疗了，但是效果都不好，属于难治性抑郁症。并且你有抑郁症家族史，这个病并不是百分之百会遗传的，但是的确会写进DNA，人生中的任何一个诱因，都会让你比一般人更容易产生抑郁倾向。"

我："你是我见过最坦白的一个医生了……所以呢，即便这样我也还有的救？"

医生："有没有的救，要救过才知道。"

我："作为一名医生，你的套路不应该是信誓旦旦地给患者打气吗？很难得听到你这种模棱两可的说法，让人耳目一新。"

医生有些漫不经心地笑了笑，好看的桃花眼微微眯起……瞬间，又换上了一副笃定的态度，目光灼灼道："你就像一条快要溺死的鱼，确切地说，你以为自己是一条鱼，把自己安置在水里，挣扎了这么久，不辛苦吗？……真正困住你的是什么？是你自己，是你内心的愧疚，你把母亲的痛苦和离开都归结到自己身上。因为你的父亲爱上了你的钢琴教师，并以你为借口，两个人最终发展成为灵魂伴侣。也是因为这个，你放弃了已经学了十年的钢琴。我放的这首肖邦的《第二钢琴协奏曲》，你从前应该弹得不错吧？这首曲子对技术要求那么刁钻，可你就是用它得了奖，然而现在呢？……我猜你父母离婚之后，你就再没碰过钢琴吧？你手指的肌肉已经松弛了，很难再回到过去的状态，不遗憾吗？……我曾和你父亲聊过，他内心的愧疚并不比你少。这世上最难左右的就是人心，如果可以，他也想拥有一个完整的家庭吧。我这么说不是让你原谅他，是让你原谅你自己。"

"原谅？呵！"我似乎听到了一句十分可笑的脏话，心底的悲哀愤恨不断蔓延开来，"那时，每一个我妈加班的日子，他都会带我去练琴，而我那优雅得体的老师也会刻意推掉别的学生，就等着我来，现在想想应该是等着他来……他们目光交汇的时候总是满满的温柔，从前我不懂那目光背后隐藏着什么，后来我懂了……呵，那么动人的音符谱写的却是如此肮脏不堪的曲子……我害怕，不安，不知所措，只能佯装偷懒耍赖不去学琴，即便我妈拿着衣架狠狠地抽我，我也不忍心告诉她实情。这种懦弱变成了一种纵容，纵容了这个男人离开她……我永远忘不了我妈后来看我的眼神，充满了失望与冷漠。我知道，她恨我，而我也恨我自己……"

……

眼泪一滴一滴地流下来，那些我刻意埋葬的前尘往事，就这样被撕裂开一个口子，拉扯出来。而后，记忆像一群被关押了许久的罪犯，闸门一开，蜂拥而出……

那天，我们像老朋友一样聊了许久，他如同我人生的旁观者，默默听着我这些年经历的一切，快要结束时，他给我讲了这样一个故事。

"你知道阿喀琉斯吗？一位希腊神话中的英雄，传说他的母亲为了让他勇猛无敌，在他刚出生时就捏着他的脚踵，把他倒浸在冥河圣水里浸泡。所以，阿喀琉斯拥有超人的力量和刀枪不入的肉身，只有脚踵部位因为被母亲捏住没有沾到冥河圣水，成了他全身唯一的弱点。后来在战斗中,他正是被暗箭射中脚踵而死。我在想,如果你的弱点注定要给你带来灾难,而你也无法释怀,不能接纳的话,舍弃也未尝不是一种办法。毕竟,这世上的宽容和原谅,都是以折磨自己为代价的。"

我鼻子发酸,有些哽咽地说道:"明白了,谢谢你。"

从来没有人对我说过这样的话,我知道他懂我,懂我所有的恨意,所有的痛苦,所有的不甘。从我见到母亲尸体的那一刻起,我就知道我这一生都没有父亲了,他成了我生命中一个幽暗的深渊,无时无刻不在提醒着我母亲的悲剧,也无时无刻不在试图把我裹挟进这段悲惨凄凉的宿命。

一个月后,我离开了江城,也没有回上海,而是去了南方的一座小城,删除了父亲的联络方式,一切重新开始。我会按时吃秦医生给我开的药,也会定期和他沟通,让他帮我调药。半年后,我的抑郁症由重度转为轻度,并且还在好转。我想或许未来能释怀的时候,我会回去看看那个给了我生命的男人,也或许不会,毕竟我用了半生去寻求如何了结这场父子纠葛……

肖邦的《第二钢琴协奏曲》,最近我又开始弹了,尽管手指已经没有从前灵活,但是我希望未来有机会能弹给那个站在墓园里骂醒我的女孩儿听,此时她身边应该有一个阳光健康的男生吧……我还是想谢谢她,谢谢她唤醒了那时孤独无助的我。

未来的路还很长，我们都需要重新出发。

4

昏暗的灯光下，年轻的医生望着手中的患者资料默默出神……患者姓名处写着"成郁"。

他告知了成郁真相，但这个真相并不完整。现在，这个痛苦的灵魂马上就要被治愈了，他是不是应该告诉对方全部了呢？医生拿起手机，点亮屏幕，却犹豫了，随后将手机放下，又将资料重新锁进抽屉里。下班，回家。

如果真相是负担的话，那么，不知道也罢。

夜晚，江城三环路。

一辆灰色的轿车在公路上疾驰着，车的后座上半躺着一位醉酒的中年女人，女人不停地哭喊咒骂着，斥责前座的男人没良心，为了一个妖精抛弃了家，枉费自己这些年的付出。男人望着醉得丑态百出的女人，也失去了耐心，斥责她是个泼妇，大半夜不回家，喝得疯疯癫癫的，哪个男人都受不了……两个人就这样互相指责埋怨对骂，一如之前的二十几年一样。

旁边开车的儿子始终一言不发，他真的太疲惫了，这个家已经耗光了他的全部精力，现在留给他的只有无奈、愤怒与时刻都想逃离的崩溃……他皱着眉头，踩着油门，越开越快，直到车里安静下来，再没有咒骂声……

原来那一天，女人酒后不适，加上成郁车开得太快，她想吐又怕吐在车里，便打开了窗户，此时对面正好开过来一辆大挂车，女人的脑袋当时就没了一半儿。然而，直到车开到家门口，成郁和父亲才发现母亲早已死亡多时。

森白的头骨和脑浆加上鲜红的血液，无不冲击着成郁脆弱的神经，他大叫一声后，便不省人事了。再醒来时，他选择性地遗忘了那一幕，并将母亲的死归咎于父亲。因为愧疚太沉重了，只有这样，他才能勉强活下去。

他曾是超人

以笑的方式哭,在死亡的伴随下活着。

——余华《活着》

1

江城市的道外区,属于早些年的老城区,大多是单位的宿舍楼。本就狭窄破旧的道路两侧,挤满了做生意的小摊贩,极其考验司机的驾驶技术和嗓门儿。其中的新发小区,年代最为久远,小区的大门仅剩下一个铁栅栏,当年红星闪闪的雕塑和积极奋进的墙画,都已磨灭在了历史的长河里……楼门前来不及清理的生活垃圾已经堆得老高,旁边放了几个露出弹簧的破沙发,是附近腿脚不好的老太太用来坐着晒太阳的。走进去是常年不见光的楼道,笼子似的小屋整体地排列在楼道两侧,密集程度让人想起家禽的窝舍。这种地方一旦发生火灾，后果不堪设想，就像现在——楼顶的火已经蹿出去几丈远了，可不远处的消防车却被违规乱停的私家车和来不及撤走的小摊贩堵在路上，万幸这次是在白天起火的，里面住的那些讨生活的人没几个在家的，大部分都逃出来了，最后被困住的只有五楼一个独自在家的小女孩儿。

小女孩儿五六岁的样子，趴在窗户上边哭边呼救，就在人们束手无策的时候，突然一个男人从人群中飞奔出来。他四十岁左右，穿着花衬衫和漏了棉花的夹袄，一头凌乱肮脏的头发，踩着两只大小不一的鞋子，因为跑得太快还甩丢了一只。他就是这条街上出了名的"傻子"，一年四季都在路边卖爆米花，每天都会跟人讲述自己是超人这个"秘密"。当然，没有人信他，但他仍旧乐此不疲。直到那天，他遇到了这个小女孩儿，他兴奋地说着自己是个超人，来自阿卡拉星球，拥有打败邪恶、拯救地球的力量……与别人不同的是，小女孩儿看着他居然点了点头，懵懂地对他说："超人可以把玉米粒变成爆米花，超人真厉害！"

就这样，男人和小女孩儿成了朋友，男人卖爆米花，小女孩儿就蹲在旁边吃爆米花。那种老式爆米花机，一边拉风箱，一边用火烤着，压力到了，就会发出"砰"一声巨响，接着烟雾缭绕，让人眼前一片模糊……就如同今天的滚滚浓烟，小女孩儿觉得自己像玉米粒一样，马上快被烤熟了，吓得哇哇大哭……

另一端，男人正兴奋地疾呼着："阿卡拉星球的英雄来了，快闪开！快闪开！勇敢的超人要拯救地球了！"当然，没有人把他当成超人，大家只是怜悯地看看楼上的女孩儿，又怜悯地看看楼下的"傻子"，所有人都无动于衷……直到男人搞笑又庄严地板起脸，举起右手，做出前进的姿势，嘴里高呼着他的使命，冲进了冒出滚滚浓烟的单元门口……

黑烟密布，楼道里已经无法辨识方向，此刻，奇迹出现了……男人意外地开启了高分子激光眼，瞬间洞悉了一切障碍物，顺利地来到了女孩儿所在的楼层。然而，在距离楼梯口不远处，一户人家的酸菜缸挡住了本就不宽的楼道，而此时附近的木质窗框又被烧掉了，挡住了剩余的空间……火势越来越大，高温灼烧下，缸内的酸菜散发着浓郁的发酵气味，混合着烟雾，让人呼吸更加困难。男人见状，左手扫过面颊，脸上立刻出现了一个防毒面具，右手握了一下拳头，一把加长款安全锤凭空出现，几锤下去，酸菜缸分崩离析……男人顺利地来到了小女孩儿所在的房间门口，可是此时的房门已经被灼烧得变了形，滚烫的门把手根本无法触碰，男人聚精会神地看着门把手，然后缓缓张开了嘴，神奇的冷凝气源源不断地喷出，门很快冷却下来，被推撞了几下就开了……

女孩儿还活着，看到男人出现，激动地挥舞着手臂求救。此刻的男人，理了理凌乱不堪的头发，扯了扯褶皱的花衬衫，换上了威风凛凛的神情，大笑着奔跑过去，一把抱起女孩儿……

女孩儿搂住他的脖子，一边擦着眼泪一边说："我要告诉妈妈，是超人救了我，这次她一定会相信！"

此时，消防车终于冲开了重重束缚，救援气垫也在缓缓打开。然而，"超人"和女孩儿已经没有时间了，来时的路已经全被大火吞噬，浓烈的火焰翻滚着向他们步步紧逼，肆无忌惮地毁灭着一切可触碰的东西。男人看看身前的大火，又看向窗外，突然笑着问小女孩儿："你猜超人会飞吗？"说完，他猛然抱着女孩儿冲破了摇摇欲坠的玻璃，纵身一跃，向地面坠落。

女孩儿惊叫着把脸埋在了男人的胸膛……在极速下降时，男人突然踮起脚尖，因为失重摇摆的两人，瞬间回到了站立的姿势，完美地保持了平衡，同时速度也慢了下来，在众人难以置信的惊呼声中，稳稳地落了地。

这个一直被人们当作傻子的男人，最终以这样的方式打了世人的脸。女孩儿得救了，人们欢呼着围住了他们的英雄……

如果事实是这样的，该有多好呢，然而，一切并非如此。

在男人冲进火场之后，浓烈的烟雾就已呛得他的喉咙生疼，遍地因为高温爆炸的玻璃碎片，割伤了他没有穿鞋的那只脚，面对挡住路的酸菜缸，他并没有任何工具，只能笨拙地踩着滚烫的缸沿爬过去……终于来到了那扇已经被烧变形的门前，他张了张嘴，哪有什么冷凝气，周围只有灼灼热气，他只能一次次地用身体去撞击这扇门，也撞击着这个世界给予他的恶意……事实上，他的前半生一直都在这样做。

门被推开了，望着楼下还没有充好气的救援气垫，他抱着女孩儿束手无策。但转瞬之间他又笑了，此刻他是如此清醒，或许他此生的苦终于受完了，那十余米的距离，也是他和妻儿团聚的路。

就这样，他抱着女孩儿大笑着说："把眼睛闭上，超人现在带着你起飞！"之后便纵身一跃……在坠落过程中，男人紧紧地把孩子护在怀里。十余秒之后，两个人掉落在还没充满气的救援气垫上，女孩儿毫发无伤地趴在男人身上，男人表情欣慰地望向天空，幸福地笑了笑，他终于找到了归处。

血液，从他的耳朵、鼻腔、嘴角一点点渗出，附近的人大叫着帮医生抬来了担架，大家都慌作一团。他看到那个时常蹭他爆米花吃的赖子眼圈泛红，脱下外套盖在自己绷坏裂开的花衬衫上；他看到那个时常驱赶他的保安，收起了往日的咄咄逼人，满脸虔诚严肃地拿着纸巾帮他擦拭脸颊的血迹；他还看到那个平时暴躁又刻薄，不让孩子们接近他的老太太，流着眼泪激动地对附近的人喊着："要救他啊，救救他啊！"

此刻，他终于成了众人眼中的超人。

2

寒夜里，空中风雪交加，地上闪耀着万家灯火。

今天，秦幕推掉了所有预约，把护士也打发走了，一个人在诊疗室里坐了一天。我来的时候已是傍晚，他还是那样安安静静地望着窗外，平静的面孔下，似乎隐藏着波涛汹涌的情绪。

"你，还好吧？"我小心翼翼地问道。

"他死了。"秦幕面无表情地说。

我知道他说的是韩伟，那个流落在街头的英雄，也曾是众人口中的"傻子"，没人知道这样一个人也是秦幕的患者，只不过秦幕没有选择救治他。

……

"江汕，我做错了吗？"

"你怎么知道清醒的他就不会冲进去救人？"

"是这样的吗？我一直在想，如果我治好了他，或许他会遵循人的本能求生，那他现在在做什么呢？或许已经开始新的生活了吧。"

"秦幕，我们都知道，如果那时他没冲进去，那个孩子一定会死，她只有五六岁啊……这场抉择，不能算全错。"

"以命换命，凭什么？"

"你明知道，你让他清醒过来，他将要面对的是什么。他和殷伟不一样，他不是战士，没有过硬的心理素质。他被治愈之后，很可能还会陷入从前的深渊中，这不也是你之前的顾虑吗？"

"是啊，他要面对的是什么呢……"

秦幕更像是在问自己，良久，他不再说话，思绪轮回……

3

一年前，心理诊所内，一个年近五旬的女人带着她有些疯癫的弟弟来找秦幕。在攀谈中秦幕得知，这个行为怪异、表情亢奋的中年男人，曾经是一位快递员，他的妻子早些年因为癌症离世，只有他和一个十八岁的女儿一起生活，几个月前女儿和同学出去玩时意外惨死，他受不了打击，便时而清醒，时而疯癫，到后来，已经再没有清醒的时候了。

天色渐晚，窗外寒风肆虐，已经看不到行人了，本就灰暗的俄式建筑显得愈加萧索。然而，毫无生机的不仅有窗外的街，还有窗内的人。

男人叫韩伟，穿着一件花衬衫，顶着有些凌乱的头发，黑眼圈异常严重，他兴奋地瞪着一双空洞无神的大眼睛，滔滔不绝地讲述着自己的世界……

韩伟："你知道阿卡拉星球吗？那是宇宙力量的中心……好想回去啊，可惜现在我的使命还没有完成，所以回不去。"

秦幕："哦，你的使命是什么呢？说说看，或许我可以帮上忙呢。"

韩伟表情夸张且郑重地说道："守护那条街！"

秦幕："街？你说新发小区前面的那条城南街？"

韩伟郑重地点了点头。

秦幕："为什么是那里？"

韩伟抓了抓头发，似乎在努力回忆些什么，半响，表情有些痛苦地说道："不知道，有些记忆被封印了，但我就是知道！"

秦幕："哦，被封印了啊，那你想不想让我帮你解开封印？"

韩伟愣了一下，低下了头，略长的头发遮住了他低垂的眉眼："使命，是要自己完成的，封印也需要自己解开，这对超人来说是不能更改的！"

秦幕探究地看着他，笑了笑，然后绕开了这个话题……那天，他们天马行空地聊了很多，我以为秦幕已经有足够的把握去治好他。然而，送走韩伟后，秦幕又单独和家属聊了很久，后续又查找了很多资料，最后得出的结论是：建议回家休养。

折腾了这么一大圈，最后得出来一个莫名其妙的结论，我诧异地问他为什么。连他都治不好，难道江城市还有更合适的人选吗？

秦幕缓缓抬起头，直视着我说："如果是他自己不想让我治疗呢？"

我："什么意思？"

秦幕："确切地说，是他不想接受任何医生的帮助。人的潜意识不仅会欺骗，还会逃避与遗忘，当人们遭遇了自身无法承受的打击时，自我保护机制就会启动。所以说，他今天活在自己臆想的世界里，疯疯癫癫的，是一种疾病，同时也是一种选择。"

我："在他身上，究竟发生了什么？"

秦幕移开目光，不再看我："他的女儿和同学去KTV（练歌房）唱歌，被人从四楼推了下去，楼层不高，本来是有生还可能的，但是从那个角度掉下来，刚好对着一个废弃的电线杆……电线杆从他女儿的腹腔扎了进去，到底的时候，人还没死，挣扎了几下……那一幕恰好被前来找女儿的他看到，当时，他整个人就垮了。"

我震惊地站在那里，良久后问道："推她下来的那个人是谁？进监狱了吗？"

秦幕："是她的一个女同学，酒后过失杀人，被判了一年。"

我："韩伟当时没有异议吗？"

秦幕："应该没有，我想他最耿耿于怀的应该是，在没有母爱的环境下，女儿一直把他当作超人，但他却没能及时出现去救女儿，而只能眼睁睁看着女儿那样痛苦地死在自己眼前，以至于他最后能做的只是默默地守在那条街上，因为他相信女儿的魂魄还留在那儿……治愈他并不难，难的是让他清醒地面对那些痛苦。所以，我们究竟应该把他拉回痛苦的现实，还是让他开心地活在自己的世界里，怎么做似乎都不尽如人意。"

……

4

秦幕最终犹豫了，也放弃了。云淡风轻的表面下，是不停自责的内心。我曾以为时间会让他释怀，然而一次我帮他收拾办公桌的时候，发现他还在找韩伟女儿的资料，或许事情没那么简单，也或许他只是不想这么轻描淡写地就把自己的错误放下。

我们都认为韩伟生病了，他错误且疯癫地活在超人的世界里。然而，真正错的其实是我们，因为那条街，真的需要超人，这一次，他没有迟到……

生命的反面从来不是死亡，而是冷漠。相信那条街上嘲讽过他的人，欺负过他的人，此刻都已被他的善良，唤醒了麻木已久的心。

这一年，风雪虽然来过，但丁香花还是开了。

归 墟

> 渤海之东不知几亿万里,有大壑焉,实惟无底之谷,其下无底,名曰归墟。
>
> ——《列子·汤问》

1

江城市云山监狱。

灰白色的高墙伫立在层层树木之外,难得有几缕阳光斜照在墙角,却无法带来丝毫生机。几声鸣笛宣布短暂的自由结束,放风区的囚犯们整齐有序地走进楼内,其中,有一个身材窈窕的少女,眼神空洞,神情落寞,默默地跟在队伍后面。

监狱沉重的大门被缓缓打开,金属摩擦的声音在寂静的郊外显得格外刺耳。我和秦幕跟随狱警径直地走进了大楼。

这个向来对一切都漠不关心的男人,这一次执拗地揪着韩伟的案子不放,我知道他心中有疑问,但我想更多的是亏欠吧。据说法院曾委托专业机构对凶手进行过精神鉴定,发现她并无精神障碍,所以她究竟为什么杀人呢?

从韩伟姐姐那里得知,凶手名叫江媛,和死者原本是关系非常好的闺密,经常在一起玩,和彼此的家人也十分熟悉,谁都没想过会发生那一幕。事后江媛整个人都是蒙的,精神恍惚,她连发生了什么都不知道,等到反应过来的时候,哭得几乎昏厥。

这个案子虽然结了,但是江媛的杀人动机和心理状态至今是个谜,犹如山谷里的雾,若无风,怎么都不会散的,我知道秦幕想成为这阵风。在韩伟死后没多久,他就拿到了案件资料,了解了大部分情况,并且在警方协助下顺利来到监狱,见到了江媛。我突然想起了殷伟说过的冯局,是他出面了吗?

狱警边引领我们进来,边仔细地跟我们介绍江媛的具体情况。这个苍白沉默的女孩儿,怎么看也不像能把同伴推下楼的凶手。当然,大部分凶手长得都不像凶手。

江媛,女,十八岁,问题少女,性格叛逆,无心学习,热衷文身、cosplay(角色扮演),在本应该坐在高三的教室里背水一战的年纪,却被困在了这暗无天日的牢房里。面对秦幕探究的目光,女孩儿目光畏缩了一下,有些胆怯地低下了头。

秦幕:"不好意思,可能有些冒昧,我想狱警应该已经跟你说过我的身份。在来之前我和你的父母见过面,有些事情,他们想让我帮忙弄清楚。还有,他们很好,让你不用担心。"

江媛原本面无表情,此时有些触动,她犹豫了一下,说道:"他们,对我很失望吧?"

秦幕:"不会,他们只是很想你。"

江媛苦笑了一下:"不会?我学习不好,经常旷课,只会花钱,天天惹他们生气,现在还落到了这个地步,为什么不会?"

秦幕:"这世上不是所有的爱都要有原因的。他们从未放弃过你,尽管他们已经积极地履行了民事赔偿责任,也一直认为你是无罪的。所以你能不能告诉我,案发时到底发生了什么,你在警方那里留下的第一份口供中,一直在强调有人要伤害你,你是应激反应,是自卫,可是警方调查过,当时除了你们两个,现场根本没有其他人,你也承认死者并没有伤害你的意图……而你的第二份口供中又说你以为自己在做梦,在神志不清的状态下无意中杀死了死者,人命关天的事,一个噩梦就算交代了?你的口供逻辑混乱、漏洞百出,而你也没有精神上的问题,我实在想不通,你到底隐瞒了什么?"

江媛眼神凌厉地瞪着秦幕,眉头微微皱起,嘴角抖了一下,似愤怒又似无奈地说道:"我从没隐瞒过任何事,也没撒过谎,只是没有人愿意相信我……韩雨是我的朋友,我怎么可能想要杀她？！可就是发生了，整个经过我都非常混乱，根本记不清了，等我清醒之后，面对的只有手铐、声讨、眼泪……你问我隐瞒了什么，我更想知道生活对我隐瞒了什么。我，这么荒诞不经地就被毁掉了。"

秦幕微微垂下了头，修长的手指不经意地敲打着桌面，不知道在思索着什么。几束阳光打在他额前利落的短发上，他微微眯起眼，抬起头，说道："那个梦，是关于什么的？能告诉我吗？"

江媛突然表情惊恐，头埋得低低的，有些颤抖地说道："一个噩梦，噩梦而已。"

秦幕："什么样的噩梦能让你杀人？如果你能坦诚地告诉我，或许我能帮你找到事情的真相，也算是对你父母有个交代。可能你确实存在某些隐性的心理疾病，如果真是那样的话，我可以帮你申请做二次精神鉴定。"

江媛痛苦地闭上了眼睛，嘴唇有些颤抖地抿在一起，良久，终于开了口："在出事之前，我总是在做同一个梦，梦里应该是在抗日战争年代，炮火连天，天空灰蒙蒙地下着大雨……日本兵们挨家挨户地搜罗东西，杀人……有一家的大人全死了，横七竖八地躺在地上，只留下一个三四岁的孩子坐在地上哭，一个日本兵拿着枚手榴弹，拉了线，笑嘻嘻地递给孩子，然后转身兴奋地向外面跑去，哭闹的孩子都不知道发生了什么，就被炸飞了……我还看到他们到处去抓年轻的姑娘，往炮楼里送，姑娘们的家人除了痛哭和无谓的反抗什么都做不了……太可怕了，就在我拼命挣扎，想要从梦里醒来的时候，我感觉自己突然从一个旁观者变成了被送进炮楼里的女孩儿之一……我们每个人都被单独关进一个小屋子，屋子里黑漆漆的，除了一张床，还有一个水桶，一把椅子。当天晚上，我们……都被强暴了，哀号声此起彼伏，混合着雷雨声，一直持续到天亮……这个梦，太真实了，真实得像我经历过的一段人生，醒来之后，我崩溃得大哭，像死过了一次似的……那些痛苦的画面鲜活地在我脑子里来回闪现，我甚至还能感受到梦里的疼痛。那段时间，我甚至都不敢睡觉，因为这个梦每隔几天就会做一次，每一次都异常漫长……"

秦幕凝了凝神，问道："在这个梦境出现之前的一段时间里，你有没有看过类似的电影和书，或者有没有接触过这类感官刺激比较强烈的事物？"

江嫒摇了摇头："没有，我上一次看抗日电影还是在上小学的时候，早就没什么印象了。我生活的圈子也很简单，我很清楚，并没接触过。"

秦幕继续问道："那你第一次做这个梦，是在什么时候？还记得吗？"

江嫒："应该是在一家商场旁边的书店里，那个书店有休息区，我在那儿等人，等了很久我朋友都没来，我就睡着了……后来还是朋友把我推醒的，醒来之后我一直在哭，她吓坏了。"

秦幕："书店？叫什么名字？"

江媛："归墟，归墟书店。"

秦幕："名字有些特别，在哪个商场附近？"

江媛："中央广场那边。"

秦幕："那天天气怎么样？有没有下雨？"

江媛回忆了一下，认真地点了点头："下了，雨还不小，所以我朋友才迟到的。"

"哦？"秦幕皱起眉，指尖轻轻推了推直挺的鼻梁上的金丝边眼镜，"这样啊，所以呢，你和韩雨见面那天你做了同样的梦，梦中你不断哭喊，她试图唤醒你，却被情绪失控的你失手推到了窗外？我看过现场照片，那个窗台虽然不高，但也不至于这么轻易地就把人推出去，你是怎么做到的？"

江媛垂着头，有些艰难地说道："那天晚上我和家里人吵架了，心情不好，就叫韩雨陪我去KTV唱歌，我们还点了几瓶啤酒，玩到半夜，我有点儿喝多了，就躺在沙发上睡着了，然后就开始做那个梦……梦里有个日本兵力气非常大，死死地按着我的胳膊，撕扯着我的衣服，我怎么也挣脱不了，现在想想那时韩雨应该也在拉扯着我……我觉得我当时身体已经醒过来了，感觉自己站起来了，可是混乱的思绪还是在梦中，特别害怕，也特别愤怒，拼命地想挣脱开，于是我狠狠地推开了她……她力气没我大，身体向后仰倒，恰好脚下又踩到了一个空酒瓶，就向窗口摔了过去。我们定的是迷你包房，其实就是走廊的一段落地窗围起来改造的房间,窗台很低,玻璃又年久失修松动了,加上巨大的惯性,她就这样撞碎了玻璃掉下了楼……事后,警方并不认可我'梦中杀人'的说法,可是又找不到我真正的杀人动机,只能认定为误杀。而 KTV 因为没有营业执照,加上环境不合规,也关张了……后来听说韩雨的父亲疯了,我想我的罪孽又多加了一重,哪怕我都不知道这场悲剧因何而起。"

秦幕:"因何而起,这个答案我会帮你找到,但你能不能答应我,在我找到答案之前,照顾好自己……你手腕处的伤疤,新新旧旧叠加了好几层,如果你的父母看到,会有多心疼……给我一些时间,我会带着答案来找你的。"

那狰狞的伤疤,就这样被秦幕单刀直入地掀开,江嫒颤抖着将手腕缩到宽大的囚服里,努力压制着自己的泪水,半晌也说不出一个字。

秦幕继续说道:"据说一个人自杀前的每一次犹豫,都是未来的自己在向现在的自己求助。你的人生还很漫长,别这么轻易下结论。"

江嫒抽泣了很久,最后只说了三个字:"我等你。"

……

从监狱出来,天色渐晚,夕阳的余晖被裹挟在云层中拼命地挣扎,片刻之后,还是被云层淹没了。

面对一直冷静且笃定的秦幕,我有太多问题了,可我刚想问,他的手机就响了。

"嗯,和她聊过了,情绪比较稳定……不用谢我,我也想知道答案,还有这件事了结之后,我希望局里别再找我了。就这样。"

挂断电话后,秦幕有些烦躁地掏出一根烟……烟雾缭绕后的他,显得心事重重。

"为什么要插手这个案子?只是因为你对韩伟有所亏欠吗?"我问道。

他缓缓吐出一个烟圈,神色淡然地说道:"对于韩伟,我从不觉得亏欠,只是很遗憾。为了弥补这个遗憾,我联系了他的姐姐,了解了当年韩雨的案子。在这个过程中,我发现警方也在追查疑点,即便现在已经结案了。后来,因为某些私人关系,他们希望我来破这个局,如你所见,我同意了。"

我犹豫了一下,继续问道:"你……和警方好像很熟?"

秦幕眼神闪躲了一下,避开我的视线:"不熟,之前合作过而已。"

我:"哦,你真觉得江媛是无辜的?你想怎么帮她?"

秦幕:"我观察过她的肢体语言,不像撒谎。还有,我从来没想过帮江媛,我想帮的是韩伟,他的女儿不应该死得不明不白。你也看到了,警方至今也没查到杀人动机,甚至江媛自己都说不清楚。她并不像凶手,更像凶手手里的那把刀,我要把刀的主人找出来。"

我:"我们接下来怎么办?"

秦幕："明天我们去书店看看，归墟书店。"

2

第二天下午，秦幕早早就关了诊所的门，我们驱车来到了江嫒提到的书店。

那是一家小小的、有些昏暗的书店，位置也不好，在商场一楼的角落里。木质的招牌不大，上面漫不经心地刻了四个字"归墟书店"，被随意地摆放在店门口。里面没什么最近的畅销书，多是近现代的散文和小说。靠窗的一边摆了几张小桌子和几把椅子，供读者去吧台点一些茶和饮料坐下来喝，我看了一下价签，大多都很便宜。

老板是一位八旬的大爷，岁月在他的脸上布满了沟壑，多到看不清纹理和走向，却丝毫没有给他带来萎靡与衰败的感觉。干净整洁的衣服，精致纤薄的眼镜，打理得一丝不苟的银发，都让他有一种异于同龄人的矍铄和得体。他一个人安安静静地坐在吧台旁边看书，阳光打在他熨帖的格子衬衫上，散发出微弱的光晕，好似岁月的洗礼。

店里十分安静，除了我们俩没有其他客人，秦幕随手翻了几本书，又径直走向老人。

"大爷，请问您这儿有森鸥外的《舞姬》吗？"秦幕微笑着问道，那笑意里隐藏了他那永不枯竭的亲和力。

"没有。"老人抬头看了他一眼，冷漠地说道。

"哦，那《罗生门》有吗？我看您这儿文学类的书还挺多的，不过现在的年轻人好像不大喜欢这些了。"秦幕不以为意道。

"没有，哼，自己国家的历史、文学不学习，看那些乱七八糟的书干什么？现在的年轻人哪还知道看书，没几个像样的。"

"呵呵，是啊，现在新鲜事物太多了。对了，大爷，我看您手里这本《现代心理学史》应该有些年头了吧，这一版已经不容易找了，您这儿还有吗？我也想买一本。"

老人推了推眼镜，仔细打量了一下秦幕，有些笨拙地站起身，说了一句"等着"，然后缓慢地从书架的角落里又翻出一本同样的书。秦幕接过书，付了钱，也没有要走的意思，继续和老人攀谈："大爷，商场今天挺热闹，我刚才看前面的广场在举办展会，漫展，您没去凑凑热闹啊？"

老人有些不屑："有什么好看的，每周末都会搞，吵死了。你看看那帮孩子穿的都是什么，伤风败俗……再说店里只有我一个人，我走了就没人看店了。"

秦幕："噢，吵是吵了点儿，但是商场人流量大，您这儿生意也能好点儿，是吧？漫展结束后，那帮孩子会来您的店转转吧？"

老人眼神停顿了一下，继而皱起眉，说道："不会！"

秦幕："一个都没有吗？"

老人面露不悦:"我说过了,没有!"

秦幕:"半年前,有一个女孩儿,白白净净的,刚从漫展上下来,就到您这儿等朋友,那天还下了大雨。"

老人愤怒地瞪起了眼睛,颤抖的嘴角流露出惊恐,起身赶我们走:"没见过!我要关门了,你们走吧!"

秦幕:"您知道那个女孩儿现在怎么样了吗?她进监狱了,因为杀人。她为什么会杀人,您知道吗?"

老人颓然地坐在椅子上,惊得半晌说不出话。秦幕不依不饶道:"我见过女孩儿的父母,在她家里,有很多cosplay服装,其中有一件是日本军装,如果我没猜错,那天她穿的就是那件。阿姨,我不知道您为什么要隐藏性别,或许只是喜欢男装,也或许您不喜欢身为女性的身份,但当我把一切的巧合都放在一起,我有一个可怕的论断……您看的是心理学的专业书籍,包括桌角上放的几本书也都是这个领域的,其中有一本是关于催眠的,您应该是具备专业知识的。您经历过抗日战争,并且深受其害,所以有仇日心理,商场里每到周末都会有漫展、cosplay等日本文化传播活动,您一直很反感。尤其是那天,那个女孩儿穿了一身日本军装出现,将您隐藏多年的痛苦彻底唤醒了……您不明白为什么一个女孩子能这么无知,所以,您给她催眠了,让她切身体会您曾经遭受过的痛苦。那天外面下着大雨,店里没什么人,那个叫江媛的女孩儿独自坐在窗边昏昏欲睡,在她进入深度睡眠之前被您成功催眠了,所以,她的梦中一直都在下雨。我说得对吗?"

一滴浑浊的眼泪从老人布满沧桑的脸上滑落到衣襟上,她缓缓闭上双眼,嘴唇紧紧地抿着,不堪的往事历历在目。许久之后,老人艰难地说出一句:"对不起。"像是在对别人说,也像是在期待别人对自己说。的确,这世界欠她一个道歉,以至于她用了半生都无法救赎,最终,她犯下了一个无法挽回的错误。

"那个……那个女孩儿现在怎么样了?我没想到会变成这样……"老人声音颤抖地说道。

秦幕:"那个梦境对她的刺激太大了,她在很长一段时间里都在反复经历。一次酒后半梦半醒中,她把同伴推下了楼,同伴死了,她坐牢了。"

老人神情恍惚,无比悔恨地捶打着胸口:"我受了一辈子苦啊,没害过人,临了还造了孽,下辈子也要还债了……啊……"

哀号声像是一把利剑,从地狱这个剑鞘中呼啸而出,带着逼人的怨气……

老人瘫倒在地,我赶紧把她扶到椅子上,那一天,伴随着哭泣,老人给我们讲述了她痛苦的一生……

老人名叫徐兰,父亲是村里的教书人,母亲务农。她七岁那年,父亲去世,母亲在给父亲添坟的时候被日军强行掳走了。从此她成了孤儿,被邻居好心收养。她九岁时日军进村大规模扫荡,还是孩子的她和村里的姑娘们一起被赶进炮楼,重复了母亲的宿命,也开始了暗无天日的生活。

因为在暴行面前激烈反抗,徐兰的大腿腿筋被刺刀割断,导致残疾;额头也被枪托砸过,撩起头发就能看到,头骨有一块是凹进去的。同时因为身体还没发育完全就遭受多次摧残,也导致了她此后终身不孕。

在那个炮楼里,她待了整整三年,每天日军都拿着高锰酸钾粉和卫生纸排起长长的队伍,她不知道那些日子是怎么熬过来的。她看着同伴们一个个被折磨致死,内心的绝望无法描述。好不容易熬到日本人被打跑了,她活着出来了,可她期盼的好日子却没有到来。因为村里人都知道她进过炮楼,没有人愿意娶她。她的一个同伴嫁给了一个比自己大十几岁还残疾的男人,可是她不想过那样的日子,于是,她成了村里人人都可轻视、调侃的对象。再后来,她到了城里,这也是她命运转折的开始。

她在一所大学里做零工,那是她这辈子过得最舒坦的日子。没活儿的时候,她就去教室里旁听,去图书馆看书,她觉得书籍可以洗涤身上的污秽。渐渐地,她对心理学产生了兴趣,时常鼓起勇气去请教教授问题,教授人很好,并没有因为她的身份看轻她,反而十分欣赏她的好学,后来,索性悉心培养她。或许,这也是错误的开始。

……

几年后,她回村里去看同伴,才知道同伴已经不在了。

据说,那是一个雨天,同伴在地里干完活儿往家走,不慎一头栽进泥坑里,昏了过去。因为嫌弃她"肮脏"的过去,没人愿意去扶她,她就这样被一摊浅浅的泥水溺死了。而她身有残疾的丈夫,见她迟迟没回家,就把院子里的柴火垛点燃了,希望别人看到能过来帮忙去找她,可是直到柴火垛烧成灰,也无人问津。

在徐兰漫长的一生中,她的痛苦和对人性的失望都在一点点加码。她尝试过开始新的生活,可是同伴的死却在无形中告诉她,这是不可能的。别人的恶行施加在自己身上就变成了自身的污秽与耻辱,这些都是刻进骨子里的烙印,注定了她一生的悲剧。所以,当江媛这个有些叛逆的少女穿着日本军装出现时,压死骆驼的最后一棵稻草也飘然而至。她年轻,干净,有大好的前程,却冷漠无知,无所顾忌地忽视别人的磨难。她没受过教育吗?当然不是,她只是觉得那些与自己无关,那么轻描淡写地就将一段历史翻篇了。这世上真正能让人感同身受的从来都不是几句批评教育的话,只能是一段经历。于是,徐兰将自己经历的冰山一角植入了江媛的心底,江媛便失控了。

这件事,究竟谁才是凶手?谁才是持刀之人?从归墟书店出来后,我有些恍惚,谜底揭开了,可答案究竟是什么?

我问秦幕怎么和警局交代,他摇了摇头,那是我第一次看到他束手无策。

几个小时后，警笛在市区响起，三辆警车向中央广场的方向前行。与此同时，书店里的老人，望着手里的一朵陈旧的绢花发呆，那是在父亲坟头，母亲给她戴在头上的，母亲说戴上它就算给父亲尽孝了。这么多年来，她一直在用生命守护这朵白花，可惜现在已经看不出它本来的颜色了……她这一生的幸福真是太短了，短到只有前面那七年。不过算了，总算熬到头了。

夕阳余晖之下，老人安详地闭上了眼睛。

饿

> 与恶龙缠斗过久,自身亦成为恶龙;凝视深渊过久,深渊将回以凝视。
>
> ——尼采《善恶的彼岸》

1

我叫李辛,今年三十六岁,是一名货车司机。

由于常年在路上跑,我的脸上已有岁月风霜的痕迹,加上身材臃肿,发际线早退,又没什么钱,至今也没有女朋友。有时候我也会在心里埋怨我爸,为什么要给我起这个名字,让我半辈子都是辛辛苦苦地过日子。

生活没什么希望,我索性把精神寄托放在吃上,或许,这就是很多中年男人都大腹便便的原因吧,因为在人性的所有欲望中,食欲,是最容易满足的。

　　我个性比较闷,通常都是沉默寡言的,也没什么朋友,但是奸诈猥琐的老板却从不敢欺负我、克扣我的费用。相比于那些苍白疲惫的同行,我身高一米九、体重二百四十斤的身躯,的确能给对方足够的压迫感。

　　我有时也会羡慕那些写字楼里的白领,拿着不菲的薪水,穿着体面,下班还有漂亮的妻子陪伴,不像我这样,永远奔波在路上,永远一个人。这就是命吧,但我不想认。

　　一日清晨,刚下过雨,空气中还泛着泥土和青草的气味。我开着老旧的大货车,在高速公路上奔驰,车里载的是几十箱的猫狗罐头,需要在天黑之前送进仓库。

　　刚出发没多久,我就开始惦记早饭吃点儿什么了。前面是平山服务区,比较小,但是吃食却是附近最好的。热气腾腾的玉米都是用糖水煮的,焦香爆皮的烤肠一咬直冒油,茶叶蛋也是老板半夜开始腌制的,还有馅料丰富的卷饼,绝对是不属于服务区的绝味。

　　我有些兴奋地放慢了速度,缓缓驶进停车区,下车便径直进去找吃的。然而,今天比较奇怪的是,原来门口贩卖早餐的摊位全都不见了,扫兴得很,无奈我只能去旁边的超市找泡面。我一排排地找,货架上摆了满满的纸制品、玻璃水、五金机油、胶带、清洁剂,还有各种小玩具,就是没有吃的,连包咸菜都没有。我压下心中的烦闷，索性放弃了，一会儿进了城去吃点儿像样的东西。

快到中午的时候终于进了江城，之后我一直以三十迈的车速，慢悠悠地寻觅着吃的，却让我发现了一件极其不寻常的事情：往日熟悉的南通大街上的馆子，全都消失了，一路冷冷清清的，十分萧索。

我突然有一种不好的预感，仿佛有一种危机开始蔓延。

我就近来到了一家从前经常去的便利店，一进门就直奔食品区。然而，从前摆放的泡面、面包、饭团、香肠，甚至饮料都消失了，取而代之的是满满的纸制品和矿泉水。饥饿让我十分焦躁，我有些恼火地质问店员："你们这里都不卖吃的吗？"

他似乎十分不解，指着货架上的纸说："那些不是吗？"

"你就让我吃那些？你没长脑子吗？"我愤怒地吼了他一句，推开门走了。

接下来，我开始一家一家地翻找便利店里的吃的，让我绝望的是一点儿食物存在的痕迹都没有，所有的饭店也都凭空消失得无影无踪。我已经一整天没有进食了，胃里空荡荡的感觉太难受了，只能大口大口地喝水，然后不停地上厕所。

晚上七点，老板打来电话问我怎么还没到，我有气无力地询问道："你那儿有吃的吗？"

老板似乎有些不满："哼，干点儿活儿还得供你吃喝，我这儿还有一些哑光纸和生宣纸，你把货卸完过来吃吧。"

我回了一句国骂，然后愤怒地挂断了电话，这个世界都疯了吗？此时，我已经饿得腿软了，哪有什么力气卸货。又灌了一瓶水后，我脚步虚浮地回到了住处，躺在床上满脑子都是烤串、火锅的影子……不能再这样下去了，我艰难地爬起来，拿起电话打给唯一的朋友黑子，几秒钟后电话接通了。

"你那儿有吃的吗？别跟我说纸，老子不吃那玩意儿，有没有饭？"我气若游丝地说道。

黑子愣了半晌，终于惊恐地说："不能吃饭，会死，电话有监听，不能再说了，记住不能吃饭，会死的！"说完便挂断了，等我再打过去就关机了。

如果不是胃部剧烈的疼痛，我肯定以为自己在做梦。现在的事态不仅无法控制，而且我连发生了什么都不知道……明天，明天一定要想办法弄清楚这是怎么回事，再弄点儿吃的……我就这样半死不活地睡了过去，一直到第二天中午，才勉强从床上爬起来。又灌了一瓶水之后，我有些精神恍惚地下了楼，往日烟火缭绕的小吃街，已经不见了踪影，只剩下空荡荡的几间铁皮房子，没办法，我只能继续去便利店碰运气。

和昨天一样，里面没有任何食物售卖，甚至连面粉、大米、口香糖都没有。

我满脸狐疑，但也无可奈何，只好拿了一瓶矿泉水去收银台结账，顺便向年轻的女店员询问："你们这里都没食物卖吗？即食盒饭也可以啊！"

"啊？"女店员大惊失色，手中的零钱掉了一地。

"我是说面包、饼干、饭团，这些都可以，都没有吗？"

"什么？你在说什么？"她的声音在颤抖，眼泪顺着眼角不断涌出，"不能吃饭，会死的！"

"为什么会死，快告诉我！你们都不饿吗？"我激动地问。

"哇！"她彻底崩溃，号啕大哭，蜷缩在角落里，边抽泣边哭诉，"不要害我，我只是一个打工的，我不想死，求求你，求求你……"那个样子，就好像我是个抢劫犯。

"你有毛病吧！"我已经搞不清楚这世界究竟怎么了，连找回的零钱都没拿，就转身离开了便利店。

我浑浑噩噩回到家，想要搞清自己身处的诡异现实，却毫无头绪，饥饿已经让我丧失了思考的能力。就在我几乎绝望时，突然想起来货车里还有一些宠物食品。好吧，这并不是一个好选择，可我已经别无选择。

我跌跌撞撞地来到了车厢里，拿出了一罐猫罐头，迫不及待地拉开了拉环，淡淡的肉香味儿散了出来，我几乎没有犹豫就用手抠了一块塞进嘴里。那个味道有点儿复杂，腥腥的，口感像肉糜，还不怎么咸，要是放在从前我肯定会吐出来，可现在它对我来说就像是珍馐美味，不一会儿，罐头就空了。肉块和油脂填充了我空空如也的胃，抚慰了我虚弱疲惫的肉体。我贪婪地又连着开了两罐罐头，连咀嚼的动作都来不及做，只是拼命地往嘴里塞食物。

这时，警笛突然响起，五辆警车把我围在货车内，我有点儿蒙，等反应过来的时候已经被手铐铐住，关押在警车里。

"这是什么情况？你们为什么抓我？你们疯了吗？"我一路叫嚷着被送进了警察局。

分局，侦查组。

"你需要请律师吗？"

一个瘦瘦高高的警察边审问我边做笔录。

"不用，我没犯罪。"

"你没犯罪？你吃了三个罐头！依据刑法，你会被判处十年以上有期徒刑。"

"你在说什么？你脑袋有洞吗？我要见我的家人！我要见家人！"我大声地叫喊着，直到对面的瘦高个儿凶狠地拍了一下桌子，我才冷静下来，痛哭流涕。

晚些时候，我终于见到了我妈。她似乎一下子就老了，眼圈红红的，额前的头发凌乱地散落下来，见到我，无声地抽泣着，不住地问："为什么要碰那种东西，为什么不学好……"

那种东西是什么？我吸毒了吗？我已经和这个世界解释不清楚了。

"妈，我太饿了，为什么不能吃饭？吃饭有什么错？"我极力解释的样子，像极了一个罪人。

"你还说！还说！家里的纸不够吗？宣纸、白板纸、牛皮纸，什么没有，需要你去碰那些东西吗？作孽啊……"

看着她歇斯底里的哭诉，我知道我已经说不清楚了。后期的流程很快，我经历了拘留室，囚车，庭审，法官果断地判了我十五年有期徒刑。对此，我的律师似乎毫不意外，轻轻地拍了两下我的肩膀，说他尽力了，那动作就像他的努力一样，不痛不痒的。

我已经不再想说什么了，没有意义，并且自从被警察抓走之后我再没吃过东西了。但意外的是我并没有饿死，只是很饿很饿地活着，痛苦且绝望……在判决下来那天晚上，我用一根大头针挑断了自己的大动脉，遗憾的是我被巡逻的警察发现了，被及时送往了医院。不过也因为这样，我妈找律师帮我申请了精神鉴定，那也是我第一次产生疑问：是否自己有某些问题，而非这个世界有问题。

医生是个三十岁出头的男人，穿着体面，斯文有礼。我低着头，看着自己的脚尖，喃喃道："我生病了是吗？可我只是想吃一碗饭啊！"大颗大颗的眼泪从眼角滑落，这段日子的委屈顷刻间爆发出来，我也不知道为什么，明明他只是看着我，什么都没做，可我心底的防线就是崩溃了，或许是因为坚持得太久了吧。

"哦，是什么样的一碗饭呢？咖喱饭吗？我觉得咖喱的味道太重了，牛腩饭不错，蛋白质充足，如果是叉烧饭就算了，除了热量就是碳水，没什么营养。"医生漫不经心地说着，嘴角带着温柔的笑意，让人觉得暖暖的。

我有些吃惊地看着他，这是这段日子以来，唯一一个不避讳吃饭的正常人。那一刻我突然觉得很感动，一时间不知道说什么好，只是默默地擦着眼泪说："谢谢你，谢谢你让我觉得我还是一个正常人，不过你这样说没问题吗？"

医生亲切地拍了拍我的肩膀，宽慰地笑道："放心吧，这里没有监控。对了，你的精神状态很不好，狱警给你纸吃了吗？唉，那些干涩无味的东西真是难以下咽，不过为了补充体力，我每天也会吃一些宣纸或是铜版纸，要来点儿吗？"

我拒绝了他的好意，毕竟那些东西除了让我干呕，起不到任何饱腹的作用。

"哦，我想你可能更想要这个。"医生说着，从办公桌的抽屉里拿出了一个饭盒，打开后里面是满满的牛肉萝卜和米饭，"已经凉了，你知道，热的味道会比较重，容易被人发现。"

我震惊地看着他，问道："这个是给我吃的吗？你不害怕吗？他们就在外面。"

医生狡黠地眯着眼睛："所以你要快点儿吃……我是这里的工作人员，处理得当不会被怀疑的。"

我感激地接过盒饭，已经记不清多久没像样地吃过一顿饭了，软烂醇香的牛肉和我滑过脸颊的泪水一起送入口中，那碗牛肉饭是我一生中吃过的最满足的一餐。

……

十分钟后,医生处理了我吃得精光的饭盒。时间快到了,我有些紧张地看着他。

我:"谢谢你,可你为什么要帮我?我会坐牢吗?"

医生若有所思地看着我,不知道为什么,我总觉得他想要透过我,看到其他一些事。

医生:"因为……再不吃东西,你会饿死,而你一定不能死。"

等我还想继续询问的时候,警察已经进来了,真遗憾。

后来我被鉴定为患有精神疾病,并没有坐牢,而是被送进了精神病院。而那里,绝对不比牢房舒服。

我每天都被注射各种药,它们让我整日昏昏沉沉的,偶尔清醒的时候就是在感受饥饿。我还是不能像其他人一样吃纸,不是因为难吃,而是我对纸制品,有一种生理上的恐惧。

一天,我懒懒散散地在院子里晒太阳,突然感觉胃部一阵剧烈的收缩,让我呼吸都困难起来。这时,一股腥臭味儿不断撞击着我的嗅觉,我蹒跚着走到墙角的树后面,发现原来那里有一只死猫,尸体已经腐烂了,白色的蛆虫在不断蠕动,一部分内脏也从猫口中吐了出来,看上去应该是被车碾轧过。就是这样一幅能让人吐出胆汁的画面,却让我异常兴奋,我几乎没有犹豫就扑上去啃食了起来。那蛆虫,那毛皮,都是果腹的美味,都是给予我能量的蛋白质……等我把这具尸体吃得只剩下脑壳的时候,医护人员才姗姗赶来,他们惊呼着把我按倒在地,我又一次被送上了法庭。

这一次出庭，检方对我的精神鉴定提出了质疑，于是，我又被送去见了医生。让我不安的是，这一次见到的医生，已经不是那个在我人生低谷给予我帮助的同辈人了。

这个医生大概五十岁左右，他看着我的眼神充满了遗憾和惋惜。在经过一系列的谈话和测试之后，我被毫无异议地认定为无精神疾病，是有行为能力的正常人。

这一次，我真的逃不掉了，我被判处了死刑。任我大喊大叫、不停哀号、痛哭流涕，也无人再给我帮助。

我被捆绑在冰冷的手术台上，周围遍布了武警和医护人员，我想最后再见见亲人，可是被他们拒绝了。一个小警察告诉我，我爸觉得我丢了祖宗的脸面，把拐杖都砸了，不准家人来见我。

此时的我，真的明白了什么叫心灰意冷。

死刑注射开始，一共三针，由三名医护人员分别注射，谁也不知道哪支注射器里是毒药。

第一针下去，没什么感觉，只是恐惧，对死亡的恐惧。

接下来是第二针，依旧没什么感觉，分分秒秒都是煎熬。直到第三针的针头拔出时，我突然感到了剧烈的疼痛，呼吸困难，两眼发黑……在痛苦的挣扎过程中，我的视线突然扫到了墙角的一个女人，她骨瘦如柴，肮脏不堪，头发凌乱地披散着，嘴角还沾着纸屑，她那样阴沉沉地看着我，似乎有着说不出的哀怨。

我很清楚那是幻觉，但又觉得她似曾相识，一系列的意识碰撞之后，我突然想起来了……原来是这样啊，不过一切都不重要了。

我终于死了。

2

"2011年3月，江城市发生了一起骇人的绑架案，案发后凶手逃逸，直至2021年3月1日才由市民举报归案……

"凶手李辛，是一名货车司机，性格孤僻，因认为被害人闵纯（女大学生）家境殷实，遂尾随其半月后，在学校附近用麻醉剂将被害人迷晕，拖进自己的货车内囚禁，勒索家属三十万元，行为恶劣，后果严重……"

十年前的江城市，作为一座存在感并不强的小城，曾因为一则绑架案被全国人所熟知。十年后，这则绑架案告破，也唤醒了很多人封存的记忆。

凶手作为一名司机，对地形极为熟悉，加上他把被害人安置在自己的货车内，总能悄无声息地躲过搜捕，最后警方历时十天才找到已经饿死的被害人。在案发车厢内，还有凶手没有运输完的纸制品，法医在被害人的胃部也发现了少量纸屑，可想而知被害人当时的处境有多么艰难，即便拼命求生，最后还是不幸遇难。后来在审讯过程中凶手交代，他第一次犯案十分紧张，拿到赎金也不敢放人，想撕票又害怕，索性想等被害人困死在车厢内再抛尸。所以他只在最开始给被害人喝了两次水，后来就没管过了……

那个年仅二十二岁的姑娘，容貌出众，成绩优异，马上准备去留学，没想到却那样悲惨地死了。这件事情已经过去十年了，早已从瞬息万变的资讯中消失得无影无踪，被大众抛诸脑后。然而，对某些人来说，却需要用一生去祭奠，去救赎，直至释怀，如果还能释怀的话。

3

刚过正午，太阳就躲了起来，天色有些阴郁，陵园里空荡荡的，碑影幢幢，冬雪退却，湿润的泥土气息从地面泛出，亡灵注视着往来的生人。我怀抱着一束百合花，站在一座有些陈旧的墓碑前。墓碑上的女孩儿，温暖地笑着，脸颊上有两个浅浅的酒窝，面容俏丽，明艳动人。照片下面，清晰地刻着两个字：闵纯。

如果没有那场意外，秦幕他们两个人应该已经结婚了吧。

十年了，秦幕的秘密终于暴露在阳光之下，他心底的那口棺材或许已被抬了出来，放置于这墓碑之下，从此尘埃落定。

如果真是这样,他为什么还要离开呢?

云如枯骨,长长白白;天空寂寥,不问世间伦常。大地上星星点点的绿色嫩芽,无不告诉我春天的来临。随着四季的更迭,我与他之间的距离亦渐渐拉开。以后怕是都不能再同路了,但与他并肩前行过一段行程,实乃我的荣幸。

半年前,他突然人间蒸发了,任我怎么都联系不上他。后来殷伟找到我,将他的过往都告诉了我。

那一年,秦幕和闵纯还是大四的学生,两个人已经拿到了国外一所知名大学的硕士录取通知书,并计划毕业后就结婚,然而意外打破了所有的美好计划。那天晚上,闵纯本来要去餐厅找秦幕,可是他等了很久都没等到,便联系其他同学帮忙找,最后报了警……那些日子他不眠不休地游荡在这个城市的每一个角落,只为寻找自己的女朋友,可十天以后,等来的只是一具死状惨烈的尸体……

之后他独自一人去留学了,回来后也没放弃过追查凶手,并以顾问的身份帮助警方办了很多案子。后来发生了一些意外,他离开了警队,自己开了诊所,并在患者中发现了嫌疑人的端倪。但令人不解的是,他并没有第一时间报警,而是选择治好了嫌疑人,才把他送进牢里。或许,他是不希望嫌疑人以精神病人的名义逃避法律的制裁吧。

……

无法想象他这些年是怎么过来的，心里揣着漫无边际的痛苦、怨恨、思念、心疼，却眼睛一闭，敛在灵魂深处，任它血流不止。

我已经记不清最后见他的时候说过些什么了，只记得他不笑的时候眼角带着三分嘲弄刻薄的弧度，眼神很少有对焦，永远看似漫不经心，却永远赤诚地将人的灵魂从深渊里拉回来。

从陵园出来，我又来到了那条熟悉的街上，他喜欢的那家蛋糕店还在，可是他自己的店却不在了。"幕时"的牌匾被摘了下来，灰白色的门面也被漆成了砖红色，上面贴着的纸上写着"旺铺招租"。

我苦笑了一下，这个冷酷无情的浑蛋。

对面的江湖面馆依旧热热闹闹，人来人往。我推门走了进去，正在和食客聊天的江舟看到我，马上兴奋地迎了上来，这个活泼的老头儿还是一如既往地热情且聒噪。

他帮我点了一碗从前我最喜欢的麻辣面，还是老味道，喷香扑鼻，焦麻热辣，还有一碟泛着油花的肥肠，软软嫩嫩，十分入味。在食物的热气氤氲中，有凉凉的水滴滑过脸颊，坠入碗中，这碗牛肉面，真是咸香咸香的。

……

这半年，我又回到了从前的生活，每天读书写稿，偶尔和朋友聚会，就像他从未出现过一样。可仔细想来却也不一样，在领略过他带我看的人间之后，我的文字更加凌厉、真实，我的书也终于得到了大众的认可。如果有机会,我好想谢谢他,也好想骂骂他。

一个午后,我在翻看读者的电邮时,突然发现了他给我的信,我愣了一下,然后用颤抖的手缓缓点开。

江沚:

不辞而别,真的对不起。

你是一个简单温暖的人,与我狰狞的过往格格不入,很抱歉让你参与其中。

我的前半生过得并不顺遂,我用了十年的时间为我爱的人讨回公道,这十年,每分每秒都是煎熬。

……

李辛找到我时,他的厌食症和妄想症都已经很严重了。我是在给他做催眠的时候发现的端倪,起初我想直接报警,可是我怕他最终会以精神病人的身份躲过法律的制裁,所以我治好了他,并在这个过程中让他体验到饥饿至极的感觉,眼睁睁看着他啃食腐烂的动物,看着他啃食晦涩的纸张,看着他哀号……这种报复的快感让我几乎忘记我还是一名医生。我很内疚,也很痛苦,我想或许我真的应该离开这个行业了吧。

其实,在很久之前,我就已经感觉到自己不适合再做医生了，因为我越来越难将自己的情感剥离，置身其外，这对心理治疗师来说，是个大忌。

这些年，痛苦、纠结、疑问不断围绕着我，我的灵魂已经千疮百孔。然而，这世上的事，理解得越多，就越痛苦；知道得越多，就越撕裂。但是作为回报，也会得到同痛苦相对等的欣慰，与绝望相均衡的坚韧。所以，没什么好抱怨的。可你不同，你始终干净纯粹，用初心去看待每一个人，我不想用我的不堪去污染你的善良，所以我选择了离开。

很多事情我都明白，可是我的热情早已在无数孤立无援的时刻里消耗殆尽……如果我们能再晚一点儿遇见就好了，是不是那个时候，我就能释怀了？

这些年，我看到过太多人性的阴暗面。那些人性的上限与下限，有时会让我不知所措，我也会问自己：为什么我不离开这个让人焦灼的地方？很久以后，我才明白，那是源于对生命的敬畏。很遗憾，我没能将这颗敬畏之心守护好……

希望你一切安好。

秦幕

至此，我再也不敢回到那条街，因为我害怕那里有他的气息，可我更害怕那里再也没有他的气息……他用他的人生治疗了我所有的幼稚与鲁莽，如今我的心里慢慢长出了清醒和理智。可我想蒙上双眼，秦幕，我不想再看这样的人间了。

图书在版编目（CIP）数据

心理谜罪 / 张洁著. — 成都：天地出版社，
2024.4
ISBN 978-7-5455-8213-0

Ⅰ.①心… Ⅱ.①张… Ⅲ.①短篇小说—小说集—中国—当代 Ⅳ.①I247.7

中国国家版本馆CIP数据核字（2024）第024994号

XINLI MI ZUI
心理谜罪

出 品 人	陈小雨　杨　政
作　者	张　洁
责任编辑	柳　媛　吕　晴　胡文哲
责任校对	马志侠
封面设计	OKMAKE STUDIO
责任印制	王学锋

出版发行	天地出版社
	（成都市锦江区三色路238号　邮政编码：610023）
	（北京市方庄芳群园3区3号　邮政编码：100078）
网　　址	http://www.tiandiph.com
电子邮箱	tianditg@163.com
经　　销	新华文轩出版传媒股份有限公司
印　　刷	玖龙（天津）印刷有限公司
版　　次	2024年4月第1版
印　　次	2024年4月第1次印刷
开　　本	880mm×1230mm　1/32
印　　张	7.75
字　　数	154千字
定　　价	48.00元
书　　号	ISBN 978-7-5455-8213-0

版权所有◆违者必究

咨询电话：（028）86361282（总编室）
购书热线：（010）67693207（营销中心）

如有印装错误，请与本社联系调换

从声音到文字，分享人类智慧

天喜文化